Colvin Kan
Colvin Kan
Colvin Kan
Colvin Kan
Colvin Kan

「我就是在這種你想像不到的環境下長大的，
所以我很清楚自己在做甚麼……還有爲甚麼要這樣做，
你可以討厭我，但不需要擔心我。」
「嗯，我明白了，我不討厭你，
我剛才也說過，我比較討厭那些圍着你的男生。」

流水響死亡事件

方麗娜——著

一文字角——圖

點解我會寫個序？◆史兄

作者方麗娜乃我認識嘅奇人之一，因爲佢正職或本業，同寫作、出版無關……諗真啲，都係寫嘢，不過係寫曲（code）、電腦程式是也。我完全唔明點解佢突然走咗去做作者，仲出埋書（據聞佢好似有個 YouTube channel 係講電影）。更奇嘅係，其實我唔係叫佢「方麗娜」，因爲我識佢嗰陣係 Xanga 年代（曝露年齡系列），條友根本唔係叫呢個名。

提起 Xanga，我發覺同方麗娜已經識咗十幾年。見過面十幾次，透過佢我識咗更多朋友，當中有好事之徒（包括方麗娜）出咗個 APP《求愛大作戰》，令我間接上埋《蘋果日報》A1……我估提起《蘋果日報》，應該唔使坐監啩。網上世界嘅人同事就係咁神奇，「藤掕瓜、瓜掕藤」，你從嚟無預計會喺你人生出現，但又真係出現咗。

至於方麗娜叫我幫《流水響死亡事件》寫序，我諗都唔使諗就答應了。因爲寫序嘅人可以先睹爲快，仲要免費咁睇咗本書嘅個別章節，所以，一直以嚟好多人搵我寫序，我明知對谷書一啲幫助都冇，依然答應，冇推過任何人……方麗娜唔係節錄個別章節我，而係整個故事掉過嚟，仲正！我老實不客氣，唔執輸一口氣睇晒。撇除作者方麗娜、編輯、方麗娜嘅／啲床伴（我估得一個啩），我應該係全世界第四個睇完《流水響死亡事件》嘅人。

老實講，我唔知道香港有個叫流水響嘅地方。當見到書名《流水響死亡事件》，我一度以爲係流水宴①、流水麵②啲朋友，即係有角色食食吓飯先後死咗。

結果，眞係有角色先後死咗，不過唔關食飯（或食任何嘢）事，而流水響係八仙嶺郊野公園內嘅行山地點，以紅葉、港版「天空之鏡」見稱。

呢本《流水響死亡事件》好睇，我三個鐘頭就睇晒。故事設定引人入勝，一開波已經掉咗一個極大嘅謎團出嚟，然後陸續有命案。故事能夠拋出一個又一個嘅勾（hook），令讀者追看落去，高明。作為讀者，我可以用上帝視角，企喺主角 Icy 同 Karl 嘅旁邊，緊隨佢哋一邊喺流水響呢個密封空間內歷險、一邊拆解死亡事件嘅來龍去脈。

《流水響死亡事件》有幾樣嘢令我印象深刻：第一，角色眾多，但每個角色嘅刻畫、對白同描述皆有心思，形象突出，你睇完本書，會極容易記得強國大媽、貪錢醫生、高八度女神嘅行為同外型。我最中意「阿祥同阿俊」，書中嗰種反差感好搞笑。你而家唔明我講乜唔緊要，買呢本書返去睇完，你自然會明。

第二，節奏明快。第一章引子介紹主角團，第二章已經見眞章。單刀直入，唔扭扭擰擰。

第三，字數極少。全文大概六萬字，以小說嚟講，算短。但其實現代人好少睇字，寫咁多邊有心機睇。

至於「結局」，呢個要屌。某啲謎團方麗娜刻意唔解釋／未解釋，似乎要等下一部先有分曉。《流水響死亡事件》居然變成漫威嘅《復仇者聯盟》、無綫嘅《眞情》，要不斷追嚟睇，冇得斷尾。呢點先最令我意想不到。

唯有期望（或妄想），下次方麗娜出第二部嘅陣，照樣搵我寫序，咁我就可以早過眞金白銀畀錢嘅讀者，睇到故事內容，哈哈哈哈哈。

寫於一個令幾十萬人命運徹底改變嘅日子
2024年6月9日
史兄
英國

①流水宴：台灣一種宴會方式，喺戶外搭帳篷設宴（通常係自己條村或者間屋），請埋廚師，開返十零圍招待親友。

②流水麵：日本一種食麵方式。將竹子縱切面剖半，在凹位裝水讓麵條順流而下，食客分別等在竹子兩側，用筷子攔截夾起，沾上鰹魚醬油食用。麵條在煮沸後馬上放入冷水中，以保持絕佳的嚼勁。（呢段抄維基嘅）

流水營死亡事件

【第二章】

一起去郊遊

【第一章】：一起去郊遊：

「吼！這可是世界首殺啊！阿努比斯！死吧！」會長在即時通訊軟件中用他粗豪的聲音大聲叫喊。

「甚麼是世界首殺？」一把非常可愛的女聲發問，她是我們公會中的女神外加吉祥物，她 Instagram 中的帳號名稱叫 Yanyii9977，因為她就叫做欣怡，而且在99年7月7日出生。

「就是全世界所有的伺服器中，我們是第一隊打敗這個 Boss 的隊伍。」另一把穩重的男聲出現在即時通訊軟件中，他是 **Karl**，既是遊戲攻略作家，也是我們公會裏的參謀，基本上負責設定攻略和應付突發事件。

「所以我們是世界第一了？」欣怡用扮作三歲小妹妹的聲音問，這種故作可愛的聲音聽起來非常奇怪，但偏偏一大堆男人非常喜歡，不少精英公會成員都是因為欣怡身在我們的公會才加入的。

「當然了……」我想接話，但我還未說完，通訊軟件中已經再次出現了會長的聲音：「對，我們現在是世界第一的公會！」然後大家也跟着一起起哄。

MMORPG，即是 massively multiplayer online role-playing game，大型多人線上角色扮演遊戲，我們玩的這隻叫做《劍與魔法》，是世界上面最多人玩的 MMORPG，而今天，我們成功奪下了死神阿努比斯的首殺，這是一個推出了接近三十天都還沒有被任何團隊擊殺過的 Boss，所以會長說我們是世界第一的公會，雖然有點不夠謙虛，但的確也是事實。

我也懶得理會這群腎上腺素過高、一直在起哄的隊友。我拿出電話，向 Karl 傳送了一個訊息：「所以這隻 Boss 的攻略你會在兩天內交給我？」

「明天早上八時就可以了，世界首殺的攻略當然是越快推出越好。」

「你果然可靠，今次的點擊看來會過百萬了！」

「我才不理呢，你準時給我稿費就好。」

「我每次都準時給你的，不是嗎？」我開始懷疑自己有沒有遺漏 Karl 的稿費。

「就上次，你說十二時會過數，最後遲了十五分鐘。」

「哪有人用分鐘來算的？笨蛋偏執狂。」但我又怕 Karl 以為我在罵他，所以在這句後面加了一個大笑的 Emoji。

「遲了就是遲了，就好像剛才的王一樣，如果我遲了十分之一秒按那個大絕，我們早就滅團了。」

我放棄和這個笨蛋偏執狂爭拗，目光回到電腦螢幕上，我已經把遊戲最小化，改為打開了我的遊戲 YouTube 頻道，然後在上面發表了剛才首殺的截圖當作是之後攻略的預告，轉眼間，就有過百條的回應。

我每一次都會把 Karl 給我的稿件用口語讀出，再配上遊戲畫面，做成 YouTube 短片推出，這種合作關係已經維持一年多了，而追蹤我們頻道的人也由幾百人，演變到今天的十萬人了。

我把畫面切回到遊戲上，把聲道設回到通訊軟件，大夥兒還是沉醉在歡樂的慶祝氣氛之中，這時我收到了會長的簡訊。

「Icy，你一定要幫我。」

「幫你甚麼？你甚麼都有吧？」我記憶中會長是香港最大連鎖餐廳的太子爺，家中排行第三，想要的甚麼也有。

「我想約欣怡出來玩，當作慶功也好，甚麼都好。」

「那你自己約她呀！」

「我已經約了啦。」

「所以明明就不用我幫手吧。」

「少來了，她說要你去，她才會去。」

「這就是拒絕你的意思，你去約另一個吧，應該有不少女孩願意和你出去玩的。」

「我就是想約她嘛，這叫愛情，你這個『老人家』不會明白的。」

「要別人幫忙的話，就不要叫只比你大三歲的女生做『老人家』！」

「對不起，你說得對，你還是年青人，你會幫我的吧？」

「幾時？要去哪裏？」我不自覺地反了一下白眼。

「今個週末吧，我剛宣佈了為慶祝世界首殺，公會團會在星期六休息。」

「還沒決定做甚麼？」

「欣怡說她想到港版『天空之鏡』流水響打咭，我不知道在哪裏。」

「哦！那個地方我去過，風景還相當漂亮的。」

「那你再找一個人去吧？四個人比較好。」

「好吧，而且要找一個對欣怡沒興趣的人，對吧？」這些顯淺的道理我還是懂的。

「還是 Icy 姐姐最好了，不愧是我們公會的中流砥柱！」

「中你個頭！我問問那個宅宅有沒有興趣好了。」這個宅宅就是 Karl，雖然我不得不承認，我這決定有一點點私心的成份。

「你指阿 Karl？他是很好的人選耶！」透過聲音就能感受會長高興的心情。

我沒有再理會這個為了追求女生而無所不用其極的會長，拿出電話，準備邀約 Karl，但又有點怕影響他寫攻略。

「會長說要出去郊遊，順道慶功，你今個週末可以嗎？」我傳送了一個訊息給他。

「我不要，我最討厭郊外了！」他第一時間就拒絕了我。

「那你自己和會長說？」我才不要當他們之間的溝通橋樑，況且我知道 Karl 本來就是一個宅宅，經常窩在家裏，說討厭郊外應該也不是謊話。

「那他自己怎麼不來叫我？」

「因為，是我提議找你的。」

「為甚麼是我？」

「你不去的話自己和會長說！不要問這問那的！笨蛋偏執狂！」我有點火了，

直接開罵，這個笨蛋偏執狂，會長只是想欣怡一起去，另外兩個是誰都可以嘛！

「好好，我先完成攻略再回覆你好了。」我知道這就是他已經屈服，應承要去的意思，這個笨蛋偏執狂為甚麼就不可以好好地答應這件事呢？

時間轉眼間來到了星期六早上，YouTube 短片已經製好然後上傳了，而且觀看數字也相當不錯，我也應會長的約，在早上十時就來到了粉嶺港鐵站。

我好像是第二次來到粉嶺港鐵站，這個車站是開放式，而且路軌設在地面上，這在世界其他地方可能很普通，但在香港，它很特別，因為香港大部份車站都設在地底，或者在高架橋上。跟其他車站感覺很不同，雖然四周都是大型屋苑，但視野還算寬廣，散發着一種郊區的感覺。

從旁邊的樓梯走向小巴站，我還沒見到欣怡和會長，但各種穿着郊遊裝束的人們，還有他們臉上帶着的笑容已經開始感染了我，讓我真真正正有了假期的感覺。

在我前面走的有一家三口，年輕的母親拖着大約三歲的兒子，而站在母子身旁的爸爸，卻穿着整齊而且燙得筆直的西裝，實在和這個地方有點不相襯。

我越過這個穿西裝的男人，快步向小巴站那邊走去，見到一對夫婦帶着一隻體型巨大的金毛尋回犬，看來也是準備去郊遊的樣子，那隻金毛尋回犬如果用兩腳站立起來的話，可能比我還高，但牠卻很乖的跟着女主人，靜靜地搖擺着尾巴。

小巴站旁邊是的士站，可能假日實在有太多人來郊遊的關係，大約有二十幾人排着隊等的士到來，到終於有一輛的士停下時，在旁邊的垃圾筒一直在抽煙的兩個男人，一高一矮，突然衝到人龍前面，一下子推開了正要上車的人，逕自登上了的士裏，眾人連理論也來不及，他們就把車門關上，的士也只好駛走。

人龍上的人有些搖了搖頭，有些嘆了口氣，對於這兩個惡霸的快閃式打尖行為，大家都沒有進一步的行動。當然我也明白，他們已是既得利益者，已經沒有任何方式可以讓大家的傷害復元的了。

當我在想這些有的沒的的時候，有人從後面拍了一下我的肩膀，我轉過頭來一看，是Karl。他皺着眉頭，身上穿着純黑色T袖，下身穿着牛仔褲，就是典型的高瘦御宅族的穿搭。

「我還怕你會爽約呢！」我面對着他，也大力的拍了他的肩膀一下。我和他的身高相差可能有十五厘米吧，稍為抬頭看了一下，我們四目交接。Karl擁有一雙深邃的黑色眼睛，我有點不好意思，把頭別了過去。

「我只是不想你夾在她們二人中間罷了。」Karl也把目光移開，這種害羞的反應非常可愛。

「你有見到會長嗎？」我改變話題。

「沒有，如果他出現的話，你一定不會錯過他的。」

「為甚麼呢？」

這時我身後響起汽車的鳴笛聲。我大驚，立刻向聲音的來源看過去，是一輛紅色的開篷跑車，上面坐着的正正是會長和欣怡。上次公會網聚時我們早就見過面，但今天我還是第一次看見會長的座駕，果然，這種招搖的程度，我是不可能錯過他的。

「Karl，Icy，來，上車吧。」會長從座位中站起來，對着我們喊。

「如果你自己駕車的話，為甚麼要約在小巴站等呢？」Karl還是眉頭緊皺。

「這裏最容易集合了吧，而且只有欣怡和我家順路呀！」

「貝沙灣和荃灣哪裏順路了？」以我認識的Karl，他不是在抱怨，只是他腦中已經出現了一張Google Map，而且正計算着會長不同路線的行車時間。

「不要緊啦，我們快上車出發吧！」我趕忙出來打個圓場。

「開篷車真的很麻煩，我的頭髮一直被吹亂，會長拜托你把篷關起來好嗎？」在我們都上車之後，坐在副駕的欣怡對會長撒嬌。

「沒問題。」會長在軚盤附近不知道按下了甚麼開關，然後車子的篷開始關上，接着就開車。

車子內的我們陷入了一片沉默，我們平日在線上經常一邊攻略地城，一邊聊天，但當面對面時，總是有一種尷尬彌漫在我們之間。

「會長，待會我們有甚麼節目？」我覺得我有責任去打破這尷尬的沉默。

「我已經做過資料搜集了，我們會圍着水塘旁的小路走一個圈，接下來就是打咭的野餐的時間，我準備了超級豐盛的食物呢！」

「是甚麼食物？」欣怡用她那高八度的聲音問。

「只要能填飽肚子就好。」Karl 連對食物也是沒有興趣。

「那是秘密！」

就這樣，我們有一句沒一句的，從沙頭角道轉向了流水響道，然後車子開始上山，沿途看到了不少騎着專業級單車的人。

「嘩，好厲害，這麼斜的路居然還是一下子騎上來了。」又是欣怡那高八度的聲音，真的有需要這麼高音嗎？

「訓練就可以啦，我也有不少朋友是玩這種單車的。」會長回答得穩重。

「要把血液的含氧量提升，還有肌耐力，這斜路可能有一比五吧，所以他們才來這裏挑戰。」Karl還在運算，還把頭申出車外觀察路面的情況。

「只有你才會這樣思考，笨蛋偏執狂。一般來說都是想訓練自己，再親力親為地去看看，去感受終點的美景罷了。」我說。

「風景的話，像我們這樣乘車看也是一樣的吧？」欣怡這次站在Karl的一方。

「那當然不同，他們是既喜歡單車，又喜歡風景。」會長說完之後，我們在斜路頂部的迴旋處見到了幾個警察，站在一旁無所事事。

「那些警察他們在做甚麼？」欣怡要麼是真的很傻很天真，不然她就是很懂得找時機創造機會給男生們表現。

「他們在等我們泊車，然後就可以抄牌了。」會長毫不猶豫地把握這個機會。

「如果要抄牌的話，他們躲起來才合理吧，畢竟一般人看見了他們，就不會在這裏泊車了。」

「但這很奇怪，如果他們不想有人在這裏違泊，應該要指揮交通之類，而不是就這樣站在那邊吧？」

「他們應該是在做和交通無關的事，附近發現了屍體之類的。」Karl 冷冷的說，明明應該是笑話的句子，從他口中說出來卻有一種難以言喻的真實感。

「哈哈，沒可能啦，你太有幻想力了。」會長搶在我前面吐槽 Karl。

說着說着，車子已經開到了大閘前面，這裏離開迴旋處有一段距離，再前面就是郊野公園的範圍，一般車子是不能進入的。

「所以，你要把車泊在這裏？沒問題嗎？」雖然 Karl 說他們不會來抄牌，但我也覺得太冒險了，即使附近發現了屍體，警察們還是可以來抄牌的。

「沒問題的，你看，我們把車停下了，但他們也沒有過來驅趕。」Karl 很有信心地說。

「抄牌的話也只是三百二十元罷了，真正的停車位離這裏很遠的。」會長一邊說，一邊下車，然後去到車尾箱的位置。

我們也一一的下車，路上有不少行人走進閘門。小巴的停車處是剛才斜路頂部的迴旋處，大家都魚貫地從大閘旁邊的行人入口走向郊野公園裏面。

而當中有一個身穿全套運動服裝的金髮外國人，身旁被三個穿着黑西裝的巨漢圍着，感覺像是某種重要人物，但那個外國人卻一直揮手示意黑西裝巨漢退下，可能是想自己一個感受下這郊外的氣氛，但幾個巨漢卻無動於衷，一直站在原地。

我回過頭來看見會長從車尾箱中拿出一個大型的背包，背包的左右插着幾支不知名的液體，不知道是豉油還是涼茶，而且他還拿着一大個保溫袋，看來裏面放的都是飲料。

會長把保溫袋遞給 Karl，Karl 不發一言地接過，然後會長回過頭來看着我們，並且示意可以出發。

大閘離流水響水塘大約有五分鐘的路程，沿着馬路一直走，欣怡一邊走，一邊自拍；而會長和 Karl 由於所拿着的東西看來有一定重量，所以走起來感覺也相當吃力。

這時，前面出現一個攤位，看來像是某種飲品的宣傳，一些年輕的男女在派發紀念品和飲料，其中一個男生遞給欣怡一罐飲品還有一小包的紀念品，欣怡接過之後，更指着我們，然後又和男生拿了三包紀念品和三罐飲料。

「這種健康飲料很好喝的，可以補充水份，來，給你！」欣怡把其中一份紀念品和飲料交給了會長，會長當然很開心地接過，然後我和 Karl 也接過了那包東西。

Karl把包裝打開，裏面有一條小手帕，還有一個襟章，都是印有飲品Logo的東西，他確認了一下，把飲料打開，一飲而盡，再把包裝和罐子丟掉，剩下的宣傳物品就放到自己的小背包裏。

我沒有急着要把包包拆開，但飲品要趁還是冰的時候喝掉，喝完之後，我也和Karl一樣，把紀念品收到背包裏。

再往前走，沿着山腰往前走，轉過最後一個彎之後，我們來到了一個公廁前面。

「這裏右邊可以經主壩去到副壩，而左邊就是圍繞水塘的路，我們要去的落羽松地區要走左邊。」會長一邊說，一邊走向左邊的小路。

「你等我一下。」Karl好像看到了甚麼有趣的東西，沒有理會會長，就逕自向着右邊的路走去，我馬上追上去，就在不遠的主壩上，Karl停了在一個手執遙控的男子旁邊。男子架着眼鏡，穿着一件格子袖衫，一副典型宅男的樣子，他身邊放着一架直徑可能有三十厘米大的無人機。

「有甚麼有趣的嗎？」欣怡也跟着我們來到，只有拿着大背包的會長在公廁那邊等待。

「這是 Marval Pro 鉑金版嗎？好像很穩定呢？」Karl 沒有理會欣怡，自己和遙控男子搭話。

「嗯。」遙控男子有典型的社交障礙，根本不想搭理 Karl。

「別談那麼久，我回會長那邊等你。」我對 Karl 說。

「五分鐘。」Karl 轉過頭來答我，然後又和那個遙控男子開始說話：「這東西可以飛到十五公里外吧？」

我和欣怡對無人機也沒有興趣，於是開始走回會長那邊，在主壩這裏可以看到對面的「落羽松」區域，但今天有點微風，水塘的水面有點小小的波紋，所以我們沒法看到傳說中的港版「天空之鏡」美景。

時間過了五分鐘，Karl 守約回到大隊，從公廁左邊的路走過去，會看見一塊寫着「流水響郊野公園」的大牌匾，牌匾左邊有一條小路，會長說那是通往九龍坑山和鶴藪的山路；穿過牌匾之後，會見到一個涼亭，向着水塘那邊則建了一個瞭望台，可以看到水塘的全景，再向前走，是兩條小橋，越過之後為水塘供水的兩條小溪，之後見到兩個臨時廁所，看來，前面就是我們的目的地，「落羽松」區域了。

【第二章】

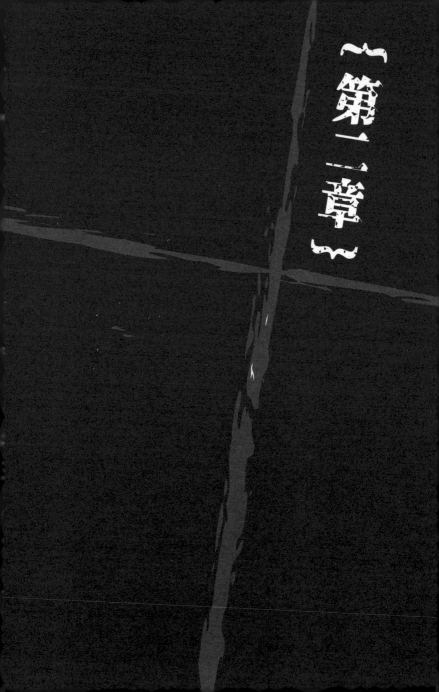

生還的十三人

經過那個臨時廁所之後，前面是一條石製的三級樓梯，沿着這條樓梯往下走，就走到流水響最著名的打咭點「落羽松」區域，踏在這個在水塘旁邊的小平原，左邊是一個原生的白千層樹林，光滑白淨的樹幹上掛着古典風韻的樹皮，顯得浪漫而蒼桑，平原上則是一棵棵刻意栽種的落羽松，在這個季節，部份落羽松已經頂着鮮紅色的葉子，整個紅葉小平原讓人感覺不是身處在香港。

看向右邊的水塘，微風停了下來，水面像一塊鏡子一樣反映着天空上的白雲，港版天空之鏡果然名不虛傳，我和欣怡一下子打算衝去水塘邊拍照，才走了沒幾步，發現有一棵落葉松前面站了幾個大媽。

「來，靠在樹上才美！」

「你也幫我拍一張！」

「我想要多點落葉！」話語聲未落，大媽提起她的右腳，狠狠地踹在她身旁的落羽松上，落羽松因而劇烈地搖晃，樹上的紅葉彷似飄雪般落下。

「來來！快點拍！」大媽擺出各種奇怪的扭腰姿勢，要同伴幫她拍照。

在那個大媽踹下去的一刻，我的心很痛，大自然是屬於大家的，她怎麼可以這樣自私！但當我踏前一步，打算去和大媽理論時，會長拉住了我。

「那邊的平地不錯吧？我們在那邊吃東西好嗎？」會長可能知道在這種場合，我們是沒可能在吵架上贏大媽團的。

我點了一下頭，走向會長找到的平地，會長從背包中拿出野餐墊，鋪在地上。

「那我們來猜一下我帶來了甚麼？」會長用手按着背包，故作神秘地說。

「壽喜燒。」Karl不帶感情地一秒說出答案，會長的臉色一沉，然後再從背包中拿出瓦斯爐和平底的瓦鍋，放了在正中間。

「居然是壽喜燒？」我忍不住叫了出聲。

「他的背包中有一個保溫袋，旁邊插着的三支醬料分別是醫油、味醂和日本清酒，除了壽喜燒之外，還可以是甚麼呢？」Karl一邊搖頭，一邊幫忙從保溫袋中拿出牛肉和蔬菜。

「這個可是A5級的和牛，拿來做壽喜燒剛好，還有蘭王的雞蛋！」會長好像已從被看穿的心情當中回復過來，繼續炫耀自己帶來的壽喜燒。

「等等，在這裏生火，是犯法的吧？」我突然想起在郊野公園中，大部份地方都是不可以生火，以防止山火的發生。

「沒問題的，我們一向都是這樣做。你們有帶其他食物來嗎？都拿出來吧！」會長說。

Karl從背包中拿出一個麥當勞的紙袋，裏面有四個豬柳蛋漢堡，欣怡看見之後，不禁笑了出來。

「你們別少看這個，他有很多防腐劑，可以放很久的。」Karl一臉正氣地回答。

正當會長打算點着瓦斯爐的時候，突然，天上出現一下強烈閃光，連同湖面的反光，我雙眼被閃光刺激，完全看不到任何東西；然後大約半秒之後，像是爆炸聲的巨響由四方八面傳來，耳朵被音波震得嗡嗡作響，由於眼不能見，耳不能聽，我的雙手不由自主地四處亂抓，好像有抓住了甚麼之後，我就一直緊緊抱着那東西不肯放手。

然後我失去了意識，暈了過去，過了不知道有多久後，陽光射進我的眼簾，把我的眼皮染成了鮮紅色，我慢慢地張開眼睛，發現整個流水響的遊人都和我一樣，被剛才的閃光和巨響弄暈，有些人委坐在地上，也有些人在暈倒時站不穩，掉在地上，身上有多處跌傷的痕跡。

我打算爬起來，卻發現自己雙手環抱着Karl的手臂，胸部緊緊地貼在Karl的手肘上，我登時頭腦發熱，連忙鬆開雙手，再爬起來坐在剛剛才鋪好的野餐墊上，Karl看來和我一樣失去了意識，只是他還沒醒過來。另外坐在野餐墊上的會長和欣怡都和我們同一命運，暈了過去。

「Karl，你還好嗎？」我拍了拍Karl的肩膊，打算叫醒他。

「發生甚麼事？」Karl醒來後第一句話。

「好像有甚麼強光和爆炸讓全部人都暈過去了。」我簡單而扼要地陳述，這可是我作為網站編輯／Youtuber／文字工作者的一個重要能力。

「會長！欣怡！你們也快醒來，我們被襲擊了。」Karl雙手捏着會長的雙肩，猛烈地搖動他的身體。

「發生甚麼事？」會長被搖醒，提起手揉了揉眼睛，然後說出和Karl剛才一模一樣的說話。

「是魔法嗎？」欣怡也接着醒來，我實在沒法理解女神的腦內構造，怎麼會覺得是「魔法」？但這樣子很多男生會覺得很可愛吧？我真的不能理解。

「好像大家都只是暈了過去。」我說完這句之後，才發現現實並不是這樣。周圍的環境中開始傳出各種尖叫聲，循着聲音看過去，我見到一個女人掙扎着爬起來，但還沒站穩，就立刻再次倒下。

另一個男人委頓在地上，站在他身旁的小孩發出令人毛骨悚然的尖叫，男人看起來已經沒有呼吸心跳，但小孩並不知道男人已經死去；尖叫聲叫到一半突然像關機一般中斷，小孩全身失去力氣，倒到地上，頭部着地，鮮紅的血液飛濺。

我不忍心再看，轉頭望向另一邊，發現有一個少女，雙手按着自己的嘴巴，站也站不穩的，跌跌撞撞，我想過去扶她一把，但當我踏出第一步之後，那個少女就面容扭曲，然後倒在地上，再也沒有任何動作了。

此起彼落的尖叫聲，本來應該讓人感到毛骨悚然，但我卻好像沒有這種感覺，我把目光避開人群，看過去水塘波平如鏡的水面，即使水面上還是倒映着藍天與白雲，但是整個流水響感覺卻像被一層厚厚的迷霧籠罩着。

在這些尖叫聲中，有一把特別刺耳，我放眼望去，果然是剛才腳踹落羽松的大媽，她身邊的同伴一個又一個地再次倒下，我別過頭去不想再看。

「醒呀！醒呀！」大媽帶有鄉音，捉住自己的同伴大叫。

「她已經死了。」Karl 走到大媽旁邊，用手檢查了她同伴的頸動脈。看來他比我更受不了這位大媽的聲線，所以才走過去阻止她。

「死了？怎麼可能？無緣無故怎麼會死了？」大媽大叫，感覺整個流水響都有聽到那個「死」字。

而這個「死」字，貫穿了整個流水響，所有尖叫和喧嘩聲都靜了下來，連蟲子和雀鳥的聲音也再聽不見，感覺整個流水響除了我們四人和那個大媽之外，所有人都在那個「死」字傳遍水塘地區的一刻，全部都死去了。

「所以我也會在幾秒後死去嗎？」欣怡雙手半掩面，無論生命還剩下多少時間，她還是努力地維持自己可愛的模樣。

「如果是真的話，這就是你的遺言嘍！」會長冷靜得還可以說笑，證明我身邊的人都是怪人。

「而且電話好像也收不到了，事情看來不簡單。」Karl 看着沒有訊號的電話，順手就長按開關鍵，把電話關掉。

「是《生化危機》嗎？」會長立刻聯想到 Capcom 的喪屍遊戲名作。

「如果我變成喪屍的話，你們要親手把我殺掉喎。」欣怡用手抓了抓自己的頭，看來她有玩過《生化危機》。

「那現在我們要怎麼辦？」我決定打斷她們沒營養的對話。

「要麼留在這裏調查所有人猝死的原因，要麼快點離開這裏，趁我們還活着。」Karl離開大媽的身邊，開始幫忙會長在收拾行裝，包括那些剛剛才攤出來的A5和牛。

「怎麼你們可以這麼殘酷，現在所有人都死了啦！」大媽還在大喊，但我們三人都不太想理會她。

「比起大叫或者大哭，決定下一步要怎麼辦比較實際吧，對嗎？」Karl是例外，作為一個遊戲攻略作家，可能就有這種教化世人的慾望潛藏在內心吧。

「笨蛋偏執狂。」我心裏暗暗罵這個完全感受不到別人情緒的笨蛋，不過既然他嗆的是那個討厭的大媽，那就算了。

我們四人把食具和食物收拾到行裝中，打算沿路走回泊車處，讓會長可以駕車送我們回市區。大媽也沒再理會我們，向着反方向離去了。

這時我們已經沒有再聽到任何尖叫聲，寂靜代表着這個地方的生還者已經所餘無幾，我們都明白這個道理，但卻沒有任何一人想提起這件事，於是我們繼續保持沉默，而我們的沉默又再化成了這個地方的寂靜。

我們一邊走，一邊覺得畫面觸目驚心，路上滿滿是猝死的死者，我們每一步都要跨過屍體才能繼續前進，屍體有些倒在路中心，也有一些倒在涼亭或者燒烤場地那邊，但看來像我們這樣的生還者數目真的很少。

到了瞭望台附近，那邊有一個比較大的燒烤場地和涼亭，我們看到了第六個生還者，是那個在小巴站穿西裝的男人。由於他看起來真的很像會計師，所以我在這裏稱他為會計師。

會計師抱着妻兒的屍體，跪在涼亭旁邊一直飲泣，身體不斷抽搐，卻沒有發出任何聲音。

「有甚麼可以幫到你嗎？」我走近會計師身旁。

會計師沒有回過頭來，只是舉高手揚手示意要我不要接近他。

「剛才發生了不明的襲擊，目測大概只有十分一的人生還，你小心一點。」我盡量把我知道的資訊跟他分享，他可能是想把妻兒的屍體都帶走，但我們卻着實沒有這個能力。

告別了會計師，我們向前走離開山路，到達牌坊處，看到那對帶着大型金毛尋回犬的夫婦，那隻金毛尋回犬看來已經奄奄一息，丈夫舉高手拿着電話，希望可以收到訊號求救，而妻子則蹲在金毛尋回犬的旁邊，一直撫摸着牠的身體。

「不用試，電話收不到的了。」Karl走上前對那個丈夫說，奇怪的是會長的眼神好像在迴避着這對夫婦。

「那怎麼辦？Roca再不找獸醫來的話，就沒救了。」妻子蹲在那隻叫Roca的金毛尋回犬旁，聽到Karl的說話。

「我們沿路出來，至少有一百人都猝死在地上，你們要麼留在這裏等救援，要麼和我們一起走回去吧。」Karl提出實在的建議，但這個笨蛋偏執狂就是不懂怎樣照顧他人的感受。

「Roca！Roca！」妻子突然慘叫，看情況Roca是已經沒有呼吸心跳了。

「感謝你幫忙，你讓我們先考慮一下。」丈夫回答完Karl之後，走到妻子旁邊給了她一個擁抱，而妻子則在丈夫的懷中哭成淚人。

我們和夫婦揮手道別，再往前走幾十米，來到公廁的旁邊，在泊車點曾經見過的外國人在三岔路中間和我們揮手，示意我們過去，那個外國人身邊的彪形大漢已經不在了，只餘下了自己一個人。

「你們好，我叫Alex，Alex Jones，來這裏旅遊的。」我們走到外國人身邊後，他不徐不疾地用流利的中文介紹自己。

「我是阿任，大家都叫我會長。，這是欣怡，Karl和Icy。」會長逐一介紹我們。

「我們交換一下Intelligence吧，我試過在這邊走馬路走出去，但是馬路被炸毀了，而且後面還有軍人堆了沙包在看守，警告我要回來。」

「軍人？」欣怡率先提高聲量尖叫。

「等等，先聽他說。」會長拍了一拍欣怡的肩膀。

「為甚麼會有軍隊？我們是被襲擊了嗎？」我也捉住了Karl的手臂，問。

「還不清楚，總之先冷靜下來。」

「我也不知道是怎麼回事，只是看到了他們的沙包，So I flee。」

「Free？自由？」看來欣怡的英文也不是很好。

「Flee，FLEE，逃走。」Karl用像是教育電視的語氣解釋。

「你們那邊呢？What happened？」

「我們從落羽松那邊走回來，沿路死了不少人。」

「我看像我們的生還者可能不足二十人。怎樣？你們害怕嗎？」

「你這種問法真的很奇怪。」

「對不起，職業病，我在大學是研究 Psychology 的，面對這種突發事件，很想知道大家的感受。」Alex 作半鞠躬狀，但從他的表情看來半點要道歉的意思也沒有。

「我想去親眼確認一下軍人和被炸毀的馬路。」Karl 打斷了會長和 Alex 的對話，我相信 Karl 在這一刻並不相信 Alex。

Karl 在說完這句話之後也沒有理會其他人，逕自往馬路那邊走去，而我則和會長打了個眼色之後，默默地跟了上去。

「那我們也先過去看看。」會長和 Alex 交代了一下之後，和欣怡也跟了上來。

「Be ware，他們可能會開槍的。」Alex 在我們離去前補了一句。

「真的要去嗎？他說會開槍耶！」欣怡一邊嘀咕着，一邊跟上會長和 Karl。

我們向着大閘那邊走去，但走了還不到一百米，在山腰處轉了個彎之後，就看到了 Alex 所說的沙包，沙包前面是一個用炸彈炸出來的深坑，寬度有大約四米，深度可能有五到六米，總之是一個不可能跳過去的距離。

「這裏已經被封鎖了，生還者請退後等候救援，不要嘗試越過封鎖線。」沙包後面有電腦合成聲音在我們走到深坑前說。

我們被這把聲音嚇了一嚇，退後了幾步。

「你們是甚麼人？為甚麼不讓我們離開？」會長大聲地問。

「我們得到授權，可以對任何越過封鎖線外的人開槍。」電腦合成聲音繼續說。

「問非所答。」Karl 皺了皺眉頭。

「誰的授權？政府？還是甚麼？你們是哪個國家的軍隊。」會長繼續質問。

「我們得到授權，可以對任何越過封鎖線外的人開槍。」電腦合成聲音重覆說。

「幹，就像ＮＰＣ一樣。」Karl 還是皺着眉頭。

「他們用廣東話，世界有甚麼軍隊會說廣東話的？」我提出疑問。

「那是合成聲音，應該是ＡＩ翻譯之類的東西，不能作準。」Karl 搖了搖頭。

「怎樣，我們要試試這些ＮＰＣ嗎？」會長轉頭來問 Karl，他已經進入了攻略地下城的模式了嗎？

「不用了，他們是認真的，像是單線性式的遊戲，沒 Bug 的話，這條封鎖線我們100%過不去。」Karl 根據自己玩遊戲的直覺作出這個結論。

「快點回去吧！我好怕！」欣怡一直躲在會長後面。

「那幾時會解封？」會長嘗試問合成聲音。

「調查完畢就會解封，快點回去！」想不到合成聲音真的會回答。

「那我們回去吧。」會長攤了攤雙手，我們四人走回到公廁前的三岔路口去。

在我們回到三岔路口時，之前在的士站打尖的惡霸二人組從副壩那邊走出來，Alex 立刻和他們招手。

「Whats up，有甚麼發現嗎？」Alex 問他們。

「唔？」二人組之中較高的那個沒有回答，只是口裏哼了一聲，然後較矮的那個則拿出了香煙，沒理會 Alex，逕自用火機把香煙點着。

「你們不是說要到那邊探路嗎？」Alex 再次追問。

「死了那麼多人，怎麼你好像一點感覺也沒有？」二人組之中較高的那個再次哼了一聲。

聽到這個問題時，我反思了一下，為甚麼我們幾個好像對死了這麼多人，卻好像沒有甚麼感覺似的？是因為突然一個強光就死一百多人這件事太不真實？還是我們還沒有時間好好地靜下來思考一下？

為甚麼我們見到自己被軍隊包圍感覺卻是輕鬆平常？而且會長、Karl和我更直接進入研究攻略模式，是我們不正常，所以當見到不正常事情發生的時候，還是會覺得輕鬆平常？

「人死不能復生，現在應該 move forward！」Alex給出了自己的答案，但這正正是一個最無情的答案，不是嗎？這傢伙會不會也是一個不正常的人？

高個子再哼一聲之後，就沒有理會 Alex，打算離去了，但 Alex 沒有放棄，拉住了較矮的那一個的衣袖。

「放手啦！這樣吧，我和你玩擲公字，贏了我的話就告訴你，輸了的話你就給我一百元。」較矮的那個叼着香煙，手上拿着一個二元硬幣，不住的在把玩。

「OK，Come on 誰怕誰？」Alex 一手搶過那個二元硬幣，拋上空中然後重新接住。

「公！」矮惡霸大叫。

「Tail，我贏了。」Alex 打開手板，亮出了字向着上面的硬幣。

「我們去了副壩那邊的山路，也被軍隊封鎖了，看來他們已經圍堵着這個地方。」

「還有其他嗎？」

「對了，副壩那邊有一個戴眼鏡的男生，坐在地上一直在修理他的無人機。」

「咳咳！」高惡霸可能嫌矮惡霸透露太多消息，於是用咳聲制止了他。

這時一個高䠷身材的人推着一輛貴價單車來到三岔路口，他穿着緊身的單車專用衣服和褲子，腰間綁着一個腰包，頭上頂着一副貴價的太陽眼鏡，看來是剛才在斜路上遇過的單車使用者之一。

「看來我們全都被封鎖在流水響內了，至少我是不敢衝擊軍隊的防線，這些屍體要處理一下嗎？再過幾小時，他們就會開始腐爛和傳出惡臭，而且會傳播病菌。」單車男見到我們四人、Alex和惡霸二人組齊集在這裏，所以提出意見，看來他也是那種對死了一百多人毫無感覺的人。

「也對，我們難得生還了下來，如果卻因為屍體腐爛而染病，就不值得了。」會長率先回答。

「那要怎麼辦？把他們丟到深坑中？」單車男說出非常殘忍的話，如果大媽在的話，一定會對他大吼大叫。

「這樣吧，男生們把屍體搬來，女生們去撿些乾柴和枯葉，我們把屍體燒掉吧；剛才我們還見到幾個生還者，我也叫他們幫手好了。」會長快速地安排好一切，感覺就像平日我們出團打副本時的指揮一樣。

「我贊成，我也不想這裏變成惡臭水塘，而且看來 Lock Down 要維持好一陣子吧。」Alex 附議。

「我為甚麼要聽你指揮？你有甚麼資格？」高惡霸丟下了這麼一句話。

「你認為要怎樣才算 Qualified ？」Alex 反問。

「起碼要是最強壯的人，或者最有錢的人之類的？」高惡霸回應。

「我不贊成，現在玩選領袖只是浪費時間而已。」Karl 斬釘截鐵地說。

「我也認為現在先搞好衛生比較重要，好不容易生存下來了，這時因病失救而死的話，就只是個笑話罷了！」單車男和議。

「我才不要被你們指指點點！」高惡霸揚了揚手，帶着矮惡霸向着山路那邊走去，看來並不打算幫忙。

「那我們幾個人做吧！Alex，你到副壩那邊看看那個維修飛機的男生願不願意幫忙，好嗎？Karl、我們去找那對養狗的夫婦。」會長吩咐完之後，抬起頭來看着單車男：「不好意思，我還不知道你叫甚麼名字呢？」

「Ian。」

「Ian，為甚麼你們的感覺好像完全不在乎似的？死了百多人，然後我們又被軍隊包圍，現在完全不是可以這樣冷靜的情況吧？」同一個問題，我也想問其他人，為甚麼可以這樣一致地冷靜。

「與其大吵大鬧，不如想想怎樣去解決眼前的問題。」Ian臉上掛着一副滿不在乎的表情，輕鬆地回答我的問題，Karl和Alex竟然一邊默默地點頭。

「Ian，麻煩你先集合馬路上這堆屍體好了，堆起來之前，先看看他們的行李，裏面可能有食物或者飲品之類我們用得着的東西。」會長沒有再理會我的問題，直接毫不客氣地指揮Ian。

我和欣怡開始在樹林中找尋一些易燃物，欣怡在沒有男生的地方會回復正常，勤快而有效率地執拾了大量樹枝。後來大媽阿鳳和金毛尋回犬的女主人Sindy也加入了我們的行列，但我實在沒有概念要收集多少才夠，看着男生們把屍體一具一具的扛回來，然後推疊在公廁對面的垃圾槽上，形成了一座小小的屍體山，我感覺好像無論我們拾多少乾柴和枯葉，好像還是不夠似的。

Sindy 和大媽阿鳳的心情好像也沒有回復，感覺撿樹枝只是為了找點事做，好忘記這裏已經死了一百多人，或者愛犬已經離世這件事。我不擅長安慰人，所以也沒有和她們說話，況且我也還搞不清楚，到底是我冷血，還是這種災難來臨時，人會變得異常冷靜，總之我自己也漸漸覺得這一百多人的死亡，對我來說，就好像電視新聞中的災難死傷數字一樣，沒甚麼差別。

會長用我們檢回來的柴枝生火，使用了本來用來制作壽喜燒的手提罐裝燃料，弄出了一個大約三米平方大的營火，然後開始和 Karl 兩人把屍體丟進去，玩無人機的男生 Dicky 在仔細地搜查屍體的行李，Alex、Ian 和金毛尋回犬的男主人阿龍則繼續來回地運送着屍體。

「啪！」金毛尋回犬的男主人阿龍在和 Ian 搬運其中一具屍體時，阿龍手鬆了一鬆，屍體着地，發出了一聲悶響。

「怎麼了？」Ian 語帶責備的問。

「沒甚麼，只是這傢伙沒有穿襪子……」

「不習慣觸踫死屍的肌膚嗎？」

「誰……誰會習慣了……」阿龍幾次想再次捉住屍體的腳踝，但都失敗了，可能是腦中生出了「接觸屍體肌膚」這個念頭之後，就再也揮之不去。

「拿去用。」Dicky大概是從死屍的行李中找到了手套，過來拋了一對給阿龍。

「謝了。」阿龍接過手套之後，立刻戴上。

女生們不用去搬屍體，我們幾人都在留意着那個大型營火，在適當的時候加上柴枝，大媽對着火中的屍體唸唸有詞，大概是「南無阿彌多婆夜哆他伽多夜」之類的經文。

火中慢慢傳來烤肉的油香味，油脂和水份被加熱後發出「嗞嗞」的聲音，中間還會夾雜着柴枝爆裂的「霹啪」聲。

「這種味道實在有點違和感……」Sindy拾起了兩支柴枝，打算丟進去營火內。

「好像很好吃似的……」欣怡說出來後，知道自己說錯話，連忙用雙手掩着嘴巴，再四處張望，確認沒有男生聽到這番話。

「其實我也有這樣想……」Sindy不知道是為了安慰欣怡，還是真的有同感。

「那些求生影集，經常有吃人肉的情節出現，現在燒掉也好，免得之後我們要吃掉他們。」我害怕他們兩人是認真的，所以試圖開了一個玩笑。

「我記得！那個叫家明的！」大媽停止唸經，加入對話。

「我不記得了。」我虛應了一下大媽，心中想：「其實在這裏只要笑就可以了，不用答話。」

「柴枝好像有點不夠了，欣怡，你跟我一起去拿些大支的過來，我一個人搬不動。」Sindy 拉着欣怡離開了營火。

屍體開始燒焦，味道慢慢由油香味變為焦炭味，還開始燒出了烏黑的煙縷，裊裊上升，黑煙最後把日落中的天空分隔成了左右兩邊，從中間打破了大自然環境的純潔和唯美，不知道包圍着這裏的軍隊看到這縷黑煙會有甚麼感想。

我看了看手錶，時間已經接近五點，而屍體已經運送得七七八八了，大家都累壞了，大家開始集合在這個大營火前面。

「物資還真多呢！」玩無人機的男生 Dicky 感嘆。

「這裏應該夠我們吃一個多星期了，我們總共找到了幾多名死者？」會長看着堆在 Dicky 身旁的物資說。

「一百二十三名，扛來這邊的屍體有一百二十一具，會計師還在抱着他的妻兒不放。」Karl 用像是報告着股票價錢的語氣說。

「要全燒掉嗎？真的不用留下一兩具 Body 來讓政府研究嗎？」Alex 問，不知道為甚麼他到了這個時間還能思考政府研究的事。

「Ian 你不是醫生嗎？你認為呢？」會長問 Ian，看來他們在搬運屍體的時間還聊了不少東西。

「我有粗略檢查過那些遺體了，根本不知道為甚麼會猝死，沒有表面傷痕，也沒有中毒痕跡；如果是病毒的話，一般會有潛伏期和傳染方法，但這樣快速同時病發死亡也是前所未見的。」Ian 回答。

「死因不明就是了。」Karl 用冷酷的眼神看着會長和 Ian，彷彿在宣告這就是結論一樣。

「剩下要有專業的法醫和實驗室化驗工具才行了，留下來我也沒甚麼可以做。」Ian 攤了攤手。

「所以要留下一兩具 Body 好等解封後可以研究嗎？」Alex 剛開始時問的問題還是得不到回答。

「如果要留的話，就埋在土裏好了，不要就這樣放着，也不要讓屍體污染水源。」Ian 一副事不關己的樣子，看來不是每個醫生都會濟世為懷。

「真的嗎？我已經快要累死了，不想掘洞。」Dicky 明明沒有搬運過屍體，只是一直在收集物資，體力消耗應該是最少的一個。

「大家的體力也差不多了吧，有沒有人可以幫手掘洞？埋葬屍體？」聽得出來，連會長也不想掘洞。

「那就 Give Up，都丟進去燒吧！」Alex 補上，男生在決定這種事情時，往往只需要第一個人開口，其他人就會快速附和。

Alex 說完這句之後，阿龍和會長開始把最後幾具屍體都丟進大營火內，我則把大量柴枝一次加進去。

再過了十幾分鐘，太陽光變得更暗淡，而且餘下的屍體全部已經丟進了大營火內，Sindy 和阿龍把他們的金毛尋回犬也在大營火內火葬了。由於我又添加了燃料的關係，熊熊的大火高達十米，一直燃燒，會長和 Ian 把大營火周圍的可燃物完全移走，看來遇有一段時間，屍體才會燒完，大火才會熄滅。

時間已經接近六時，黃昏的陽光斜照在水塘水面上，反射出金色的光芒，如果這裏不是離奇地死了一百多人的話，這種景色一定很讓人陶醉，會長讓大家帶着補給還有火種，走到了瞭望台附近的涼亭，打算把那邊劃為公用的集會區，用來儲存物資和交流意見。

〔第三章〕

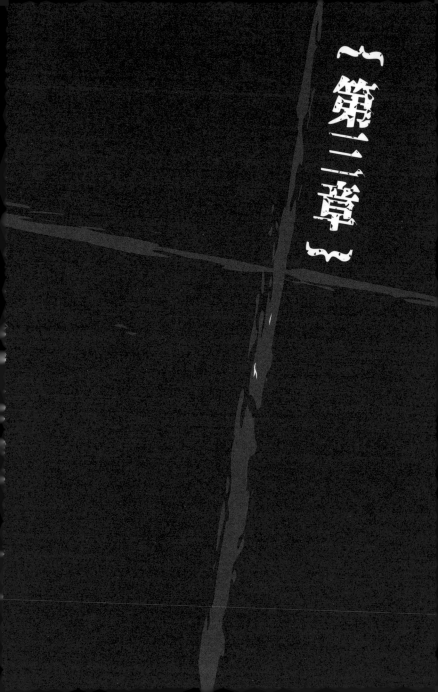

第一晚

營火晚會

【第三章】∷第一晚營火晚會∷

我點算了一下人數，在涼亭中的生還者總共有十一人：會長、欣怡、Karl加上我們算是公會四人組，Sindy和阿龍這對金毛尋回犬的主人夫婦，還有大媽阿鳳、踩單車醫生Ian、外國人Alex、無人機駕駛者Dicky，加上緊抱着自己的妻兒屍體不放的會計師，共十一個人；如果連沒有出現在涼亭附近的惡霸二人組都計算在內的話，現在流水響內還生還的人，就有十三個。

我們十人在涼亭旁邊起了一個營火，現在流水響地區處於一個和外界隔絕的環境，沒法聯繫外間，公廁打開水龍頭卻居然還有清水，大概是因為水喉是直接從溪澗連接過來的，食水不成問題，即使水龍頭停水了，溪水煮開之後也可以飲用；現在最大的問題是不知道那個電腦合成聲音帶領的軍隊會何時把我們釋放，食物可以維持多久呢？

於是會長提出要先點算剛剛從屍體上搜刮出來的物資，大約有十個帳幕、十幾套露營用的煮食工具；食物有罐頭、生果、杯麵，而且還有不少的燒烤包，有牛扒、豬扒、雞翼等等，還有各式各樣的零食，薯片、餅乾、糖果。Karl估算這裏至少夠我們十一個人吃一星期，即使把惡霸二人組也計算在內，我們還是有足夠的食物可以生存六天以上。

「我們現在要做的是分配好兩樣東西，一是食物，二是帳幕。」會長提出有用的建議。

「贊成，每個人都有自己份量的食物，太早吃完的話，捱餓就由自己負責，這就最好，我才不要為你們的自控能力不足而埋單。」醫生Ian說話總帶着高高在上的語氣。

「那由誰來負責分配？而且我是素食者，要怎樣分配？」那隻金毛尋回犬的女主人Sindy說，發言時還舉了手。

「現在是甚麼時候？還堅持甚麼素食不素食的？如果你快要餓死，面前又只有肉汁拌飯，那你會選擇餓死也不吃？」大媽阿鳳一開口，感覺就像在罵人一樣。

「我們要怎樣生活又要你管了？況且長期素食者不能一下子吃肉，腸胃會不適應的。」阿龍站起來，伸出左手擋在Sindy前面，為自己的妻子辯護。

「你的腸胃還真矜貴，想當年我們在農村，過年才能吃肉，也不見得我會不舒服。」大媽的鄉音加上帶有攻擊性的語氣真的令人很難受。

「醫生，你來評評理好了？」阿龍知道自己不能和大媽糾纏罵街，自己必輸無疑。

「這算是醫療建議，我現在在休假中，不過，如果你付雙倍診金的話，我倒是不介意回答你。」醫生Ian說這句話時搭配了一個專業的笑容，還挺嘔心的。

「先冷靜下來吧。」會長想控制住場面。

「我有一個肯定公平的方法。」Karl由今天早上起一直皺着眉頭，看來他一直在思考解決方法。

「是怎樣的方法？」

「我們帳幕比較多，分一個出來做食物倉庫，然後大家兩人一組輪流看守，每個人想吃東西的話就到倉庫拿，每次拿食物的種類和份量都記錄好，這樣大家就會只吃自己足夠的量，不會屯積起來。」

「我不明白，為甚麼這樣就會公平？」會長是那種即使自己明白，也會幫眾人問這問題的性格，但這次看來，他也是不明白的。

「因為那份紀錄，就會變成了類似法律的東西，我們可以每天檢視紀錄，防止濫用，任何人如果嘗試不存取紀錄就拿食物的話，就會被其他人視為敵人。」

「This is clever！用類似心理戰術的東西制衡大家。」外國人Alex一邊點頭一邊說，外國人都是這樣的，無論你提出甚麼，他們不是說Excellent就是Great。

「那麼今晚就由我和Karl來看守吧，資源庫就定在這裏，我會在這涼亭旁起一個帳幕。有人有紙筆嗎？要用來記錄每次的提貨。」會長開始分配工作。

「我有。」我是一個隨身帶着筆記本和筆的人，我喜歡記下身邊發生的事。

「那Icy你先幫我發放帳幕給大家，然之後記錄一下？」會長對我說，在確認我對他點頭後，會長轉過來大聲對大家說：「大家有異議嗎？先拿帳幕，在天黑前搭好，確保好睡的地方。」

大家都適當地回應了會長，Alex大聲說「Cool」，阿龍點了點頭，Dicky則似是而非地從喉嚨發出了像是「哦」的聲音。大致看來沒有人會有異議，會有異議像惡霸兩人組的人，大概也不會坐到這個營火圈之中。

於是我開始發放帳幕，也順導問了一下大家打算到哪裏紮營，然後在筆記本上記下了大家睡覺的地點和帳幕的數量。

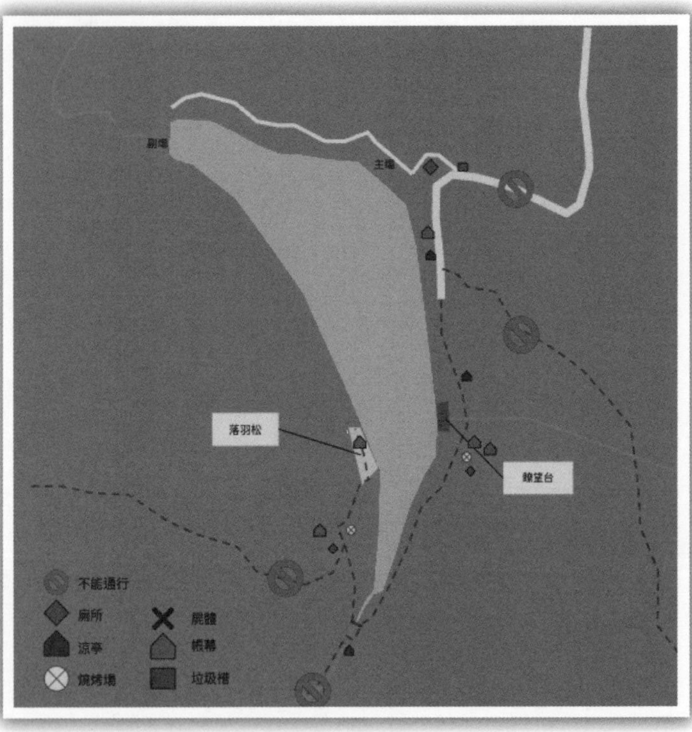
副壩
主壩
落羽松
瞭望台
不能通行
廁所
涼亭
燒烤場
屍體
帳幕
垃圾桶

Icy，欣怡	（落羽松區域）
會長，Karl	（落羽松區域）第一晚當值
Sindy，阿龍	（落羽松區域）
大媽阿鳳	（燒烤爐營地）
醫生Ian	（燒烤爐營地）
外國人Alex	（公廁旁空地）
Dicky	（公廁旁空地）
食物、必需品	（瞭望台附近涼亭）
會計師	（陪在妻兒屍體旁邊）
惡霸二人組	（不知道在哪裏）

在拿帳幕的同時，我也確保了每人也有一支手電筒，這裏的供電大概已經中斷了，因為本來天還未黑就會亮起來的路燈到了現在還是毫無起色，今天晚上會漆黑一片，我們從屍體身上搜刮到的手機數量有幾百台，每一台，都是一支

手電筒，手電筒的好處是即使不解鎖手機，也能打開。

會長搭好了倉庫用的帳幕，把食物都放了進去，而且還在天黑前在涼亭中心點着了一盞電油燈，那是其中一個離世者身上的露營裝備，而且涼亭旁的營火也一直亮着，位於整個流水響中心的涼亭，經過會長的改造之後，變成了資源和交流中心。

Karl從食材帳幕拿出三個洋蔥加上燒烤包中的牛肉和豬肉，用露營客留下的煮食裝備炒了一道香噴噴的炒肉，想不到這個宅男的廚藝居然不錯。

我們各自拿麵包盛着來吃，感覺就是日式肉丼但把白飯改成了麵包一樣，讓我們十一人都可以好好吃飽。

欣怡夾了一份炒肉三文治放在會計師旁邊，會計師沒有理會她，也沒有動過那份三文治。

我記錄好物資的消耗情況後，坐回營火旁邊開始吃自己那份晚餐。

「為甚麼只有我們生還呢？」會長這時突然提出這個認真的問題。

「我平時都有燒香拜佛，所以自有神保祐。」大媽阿鳳理所當然地回答。

「我猜會長的意思是，我們究竟有甚麼共通點，所以才生存下來。」醫生

Ian 打算阻止大媽阿鳳傳教。

「那要先知道其他人的死亡原因吧？那個強光是怎樣把其他人殺死的呢？」金毛尋回犬的主人阿龍說。

「是不是因為我們當時都沒直視那個強光？我記得 Roca 當時有抬起頭……」Sindy 一邊猜測，一邊抽泣，大概是又想起了自己的愛犬。

「不會，我當時有抬頭看，而且我也沒有戴墨鏡之類的。」Karl 理性地分析，他就是可以做到把細節記住之餘，得出一個合理的結論。

「因為血型？會不會大家都跟我一樣是AB型，所以才生還過來！」欣怡不知道接收到哪裏來的宇宙電波，所以這樣說。

「我是O型的，所以你這說法就不成立了。」Karl 居然一本正經地回答她。

「是抗體吧？聽說無論任何疾病，都有1%的人會天生有抗體。」之前一直不作聲的 Dicky 插嘴，說到疾病，大家不約而同地向醫生 Ian 望去。

「別看着我，我不是疫苗或者傳染病的專家。而且我也從來沒看過任何細菌或者病毒會像這樣在同一時間把全部人殺死的。」醫生 Ian 攤了攤手。

「我還以為你會說要提供 Medical Suggestion 要收費呢？哈哈哈。」外國人 Alex 看來打算帶動氣氛，但現在這個環境下，大家都沒有那個心情。

「這東西真香呢，我收下了。」這時惡霸二人組出現，高惡霸拿了牛肉和麵包，而矮惡霸則拿了一個帳幕。

「你們叫甚麼名字？打算在哪裏紮營？」我一邊把帳幕記錄在筆記本裏，一邊問。

「關你屁事，少和我來這一套！」高惡霸說完之後帶着矮惡霸離去。

大家被這兩人的舉動嚇了一嚇，一下子就忘記了剛才在談的話題，而且東西也差不多吃完了。

「真的沒問題嗎？」Sindy 在惡霸離去之後問，也不知道她在問誰，也搞不清究竟她在問甚麼。

「沒問題的，我保證他們晚上不敢來搶東西。」會長自己跳出來回答，居然又好像對上了，真是不可思議。

「要怎樣保證呢？現在我們有十幾人，他們當然不敢亂來，但如果晚上只剩下你們兩人的話……」阿龍跟進。

「像他們這種古惑仔，最喜歡西瓜靠大邊，沒有十足勝券的話，是不會出手的，我們人數較多，他們只是自尊心作祟才擺出這副像是惡霸的樣子罷了。」

會長信心十足地答。

「這只是你的猜測而已。」

「那你想加入和我們一起值班嗎？」會長祭出這招。

「才沒有，只是我們已經提醒過你們，如果被搶的話，就是你兩個的責任。」

「好好地保護你妻子吧。」會長拍了拍阿龍的肩膊，然後我觀察到Sindy滿臉通紅，看來阿龍的表現令她很滿意。

阿龍和Sindy一起站起來，要回到自己的帳幕去睡覺，而剩下來的人也沒有說甚麼特別的話，會長有幾次過去查看會計師的情況，但會計師還是一動不動的蹲在妻兒的屍體前面，其他人也陸陸續續地離開營火回到自己的帳幕，於是我舉手和欣怡示意，我們差不多要走到落羽松地區帳幕那邊。

我們二人拿着手電筒，沿着小路前行，欣怡可能因為害怕，所以靠得我很近，在這種沒有男生在場的時候，我感覺她就會回復成一個普通人。

「你是不是很討厭我？」欣怡在我耳邊小聲地問。

「哪……哪有？」我被她突如其來的問題嚇了一跳。

「我知道的，只要我一說話，你就皺眉頭；以前公會出團時在語音你也不會回我話。」

「對不起。」我有種被完全識破的感覺。

「我明白的，你覺得我一直在裝可愛，在討男生們的歡心吧？但其實我不是想討他們的歡心。」

「老實說，比較起來，我更討厭那些只要你一說話就起哄的男生們。」

「Karl 就不會這樣起哄呢。」欣怡瞇起了眼睛看着我。

「又……又怎樣？」被她這樣一下子突襲，我反應不過來。

「我看得出來的，你喜歡他。」

「先不說這個。」我感到自己臉頰發熱，只好硬生生地轉換話題：「如果你不是想討他們的歡心，那為甚麼要人前人後兩種態度？」

「這是我保護自己的方法。」

「保護自己？」

「這可以讓女生遠離你，又讓男生遷就你的方法。只要說話高音一點，動作誇張一點，凡事都先問男生的意見，就會有一大堆男生圍着你；而同時，女生們就會像你一樣不接近我，中學我升到男女校之後，就明白了這個道理。」
「這種想法很扭曲吧？為甚麼要讓女生遠離你呢？」
「你真幸福。」欣怡說完這句之後，我們也走到了二人共用的帳幕附近，她快步地走到帳幕內。
我追上去，也進入到帳幕內，我們攤開了兩張地墊，也是從露營人士的裝備中找到的，雖然有地墊，但薄薄的地墊抵不住地板的寒冷，感覺很硬、很冷，很不舒服。
「你多少歲？」欣怡躺在我的旁邊，問我。
「比你大八年，二十六歲。」
「不知道我二十六歲的時候會變成怎樣呢。」欣怡伸出手，耍了個懶腰。
「你覺得你這種生活可以維持多久？」
「總不能提高八度說話提高到三十歲吧。」她說這句時語氣沉穩成熟。
「那時你大概會選一個可以保護你的男生，那就不需要靠裝可愛來保護自己了。」
「你有沒有介紹？」

「會長不好嗎？他為了今天準備了很多呢？」

「如果我有意思的話，就不會讓你和 Karl 一起來到這裏了。」

「噗，你沒意思的話為甚麼不直接拒絕他？」

「因為公會是個好地方，我不想因為會長追求我而失去這個歸屬……」

「公會是個好地方，我贊成，但這樣拖着會長也不好吧？」

「其實我也不知道可以怎麼辦。」

「我也有過像這樣的時候，所以我可以理解，有時就是想一直維持原樣，不要改變最好。但經驗告訴我，這是會讓人後悔的。」我想起了一些往事，但老實說，在這一刻，往事完全不重要。

「我才不想你對我說教。」

「我明白的，每個人都要自己走過跌過才深刻。」

「你明白個屁。」說完這句之後，欣怡側身而睡，用背脊對着我。

我仰卧在地上，在微弱的燈光下看着帳幕的頂部，微風吹過時頂部會有着微妙的震動，我知道這樣的環境下我沒法很快的睡着，想找點甚麼話題，卻想不到。

「不知道有沒有方法可以洗澡呢？要回去三岔路公廁那邊嗎？」我突然問了這句話，因為落羽松區域這邊就只有一個乾式廁所，沒有水源，而且用生物分解法分解排洩物，實在不可能在裏面清潔身體。

「剛才我在晚飯時幫手打水，Karl說過公廁那邊的水龍頭也不過是溪水，所以叫我直接到小溪裝水，水相當乾淨，但是也非常冷。」如果我把這句既理性又決斷的說話錄下來，放在公會頻道，沒人會相信是欣怡說的。

「那你帶我去洗個臉吧，好嗎？」

我們啟程到小溪那邊，離我們的帳幕大概只要兩分鐘路程，比三岔路公廁那邊近得多，我從溪中舀了一點水，往臉上潑，然後在小溪的水面上，倒影着欣怡的臉龐，她長得很可愛，這點連我也不能否認。

這時我想起了她剛才的說話，究竟為甚麼欣怡要採用這種表裏不一的方式來保護自己呢？

「所以，是你以前經歷過甚麼嗎？所以才要保護自己，所以才無法接受別人的好意？」我站起來，看着她那可愛的臉龐問。

「關你甚麼事？別再用高高在上的語氣和我說話了！」她用她那雙可愛的大

眼睛瞪着我。

「其實我十六歲的時候曾經墮過胎……」我說到一半，有點猶豫要不要說下去好，我怎麼了？我可是從來沒有對任何人說過這段經歷。

「甚麼？」

「那時我只能自己面對。」我用力地呼了一口氣，我也很久沒有想起那時候的自己了。

「所以你覺得自己有需要照顧我？或者指點我？讓我不用像你一樣一個人面對？」我們一邊走回自己的帳幕，一邊說。

「我沒想那麼多，我只是想如果那時有人可以陪着我就好了。」

「我不用，我自己一個也可以，所有問題我最後都有方法解決的。」這時我發現欣怡臉上掛着一個倔強的表情，然後她袋好了充當手電筒的電話，從另一個口袋中拿出自己的電話，電話還是收不到訊號，她把電話拿起來，另一隻手搭着我的膊頭，伸手和我自拍了一張。

「為甚麼要拍照？」我完全不理解這個女生的行為。

「需要找個人陪的人，是你，不是我；你也打開電話吧，我待會把照片傳給你，以後你要人陪的時候，就看着這張照片，想起這個和我一起過的夜晚好了。」

說着說着，我們已經快要回到自己的帳幕了。

「那我也拍一張好了。」我也拿出了自己的電話，和欣怡自拍了一張，雖然洗臉洗掉了她臉上的粉底，但是她的皮膚很好，眼睛有神，唇膏、眼影和假眼睫毛都還在，樣子好看極了。

然後我看到了一個傳送檔案的邀請，我以為是欣怡要把剛才的自拍照傳給我，所以我按下了接受，發現那是一張獨照，上面是一個胖胖的小妹妹。

「這是我小學時的樣子。」欣怡小聲地說。

「怎麼可能？」

「那時我唸女校，因為肥的關係，一直被欺凌，你能想像到被人按着頭在花圃裏吃土的情境嗎？」

「想像不到……」

「對，我就是在這種你想像不到的環境下長大的，所以我很清楚自己在做甚麼，還有為甚麼要這樣做，你可以討厭我，但不需要擔心我。」

我們回到自己的帳幕，各自佔了一邊，除了手機螢幕的光之外，就沒有其他的光源，這種偏藍的光線讓人覺得有點抑壓。

「嗯，我明白了，我不討厭你，我剛才也說過，我比較討厭那些圍着你的男生。」我再次呼了一口氣。

「那連會長也一起討厭囉？」

「他還好，至少他有主動去追求你，而不是圍在一邊瞎起哄。」

「那也是他讓我煩惱的地方，你先睡吧，剛才我忘了拿卸妝水，我回去溪邊卸妝，明天看過我沒化妝的樣子後，會長可能就不要我了。」

「我陪你去吧？」

「你不用勉強自己。」欣怡說完這一句之後，拉開拉鏈，離開了帳幕。

我躺在地上，再次透過手機螢幕的藍光看着帳幕的頂部，心中試圖想像欣怡封閉自己心靈的過程，還有自己究竟算不算是多管閒事，在不知不覺間，我就睡着了。

第四章

掛在樹上的屍體

【第四章】∷掛在樹上的屍體∷

到我醒來的時候，斜斜的陽光透過帳幕的天窗射進帳幕內，但帳幕內卻只有我一個人，我猜欣怡一定比我早起，說甚麼明天不化妝那些，大概是騙人的鬼話。

於是我也拉開拉鏈，離開了帳幕，站起身來伸了個懶腰，是因為昨晚睡在硬地板上的關係嗎？腰骨有點疼痛，但也沒有到不能忍受的程度。然後我放眼望向附近，都看不到欣怡的蹤影。

「早晨，欣怡呢？還沒起來嗎？」在我們帳幕旁邊紮營的 Sindy 也起床了，走過來問我。

「我起來的時候她就不在了，可能去了廁所吧。」

「今天早上有甚麼要做的嗎？」

「我也不知道，先到昨晚營火那邊集合，拿點東西吃，再大家一起相討吧。」我是那種不吃早餐就無法思考的人。

「那我和阿龍等一下之後就過來。」

我答應了一下，然後走到小橋那邊，小橋下是清徹的溪水，這是我昨晚洗臉的地方，欣怡如果起床化妝的話，大概也會在這附近的桌椅吧？但我卻見不到她，我用手掏了一點水往臉上潑，然後再掐了一點水吸進口裏，嗽一下口再吐出來。

水溫相當清涼，流水響的確是一個山清水秀的好地方，如果昨天這裏不是死了一百多人，又或者我們不是被軍隊困在這個水塘裏的話，我現在的心情應該非常舒暢。

我沿着溪水往上遊看去，那邊的樹木非常茂密，我卻在樹與樹之間看到了不尋常的東西，樹上好像掛着奇怪的東西。

於是我沿着小溪前進，大概走了幾十步，我確定，在上遊的一棵樹上，掛着一具屍體，屍體身上沒有穿任何衣服，雙腳有一部份泡在溪水中。我抬頭看去，發現那是欣怡的屍體。

可能是因為剛才用溪水嗽口，也可能是其他原因，我的身體突然被一股嘔心感侵襲，然後胃液在翻滾，接下來我只能跪在溪邊嘔吐。

吐了好一陣子之後，Sindy和阿龍在橋上看到我，也走了過來，Sindy留在這裏陪着我，阿龍則趕到營火那邊，打算告訴大家這件事。

不久之後，Karl、會長、阿龍、Alex和Ian都來到了屍體這邊，根據他們所說，阿鳳和Dicky留在營火那邊守住資源。

男生們合力把屍體從樹上搬了下來，會長帶來了一塊野餐墊，把欣怡的身體蓋住。

「她是被繩子之類的東西勒死的，頸部有明顯的繩子瘀痕。」醫生Ian在稍為觀察了一下屍體之後說。

「會不會是死後才被吊上去的？」Karl問。

「這當然有可能，因為我也看不到其他致命傷或者原因，因此也有可能是和昨天那些人一樣的死法，然後再被吊上去，如果是這樣，她死亡後幾乎要立刻被吊上去，那樣才能形成這種繩子瘀痕而不是屍斑。」

醫生Ian繼續觀察屍體，而會長則伏在一棵樹幹上面泣不成聲，完全沒有參與到討論；我的胃即使已經空空如也，還是不斷地嘔吐，吐出一些黃色的不知名液體。

「Icy，你和其他人先回去吧，好好冷靜一下，平伏一下心情。Karl，你看起來還算冷靜，留下來幫我處理屍體吧，屍體下體有些傷痕，可能是死前或者死後被硬物弄傷的。」醫生 Ian 見大家都失魂落魄，大概想控制一下場面。

聽到這句話後，我的嘔吐更加厲害了，明明昨天處理燒掉一百條屍體都沒有這種反應，但現在我就只有不停地嘔吐而已。

Sindy 扶着我，而阿龍和 Alex 則合力抬着全身發軟的會長，沿着小溪走回橋邊，大家打算走回涼亭資源帳幕那邊去。

然後我們見到惡霸二人組之一的高惡霸躲在一顆樹後面，鬼鬼祟祟的，於是 Alex 指着他大喝：「你在幹甚麼？So suspicious！」

聽到 Alex 的大喝之後，高惡霸突然轉身拔足而逃，Alex 放下會長，追了上去。

「你要不要追上看看？Alex 會不會有危險？」Sindy 繼續扶着我，然後對阿龍說。

「好吧，你帶他們兩個回去涼亭那邊。」阿龍一邊說，一邊四處張望，因為轉眼間，Alex 和高惡霸都轉入了樹林之中，找不到他們的蹤影了。

這時我嘔心的感覺已經舒緩了一點點，於是自己站了起來，Sindy 也放開了扶着我的手，向着樹林那邊張望；我走過去扶着會長，會長看我伸手過去，可能因為自尊心驅使的關係，也自己站了起來。

「我們可以的，你去幫阿龍手吧。」會長呼吸了幾下之後，對Sindy說。

「對，身體已經回復過來了。」身體回復過來，但是心情，短時間內都應該沒法回復，畢竟昨晚那個跟我說「需要人陪」時就找她的人，現在已經變成了一具屍體。

Sindy看着我們，點了點頭，向着樹林那邊跑了過去；我和會長沿着小路慢慢地走回涼亭那邊，阿鳳和Dicky坐在那，正在吃着麵包夾茄汁沙甸魚，我看到那種像血色的茄汁，嘔心的感覺再次襲來，跑到一旁嘔吐，明明我肚子裏已經空空如也，但總是還有淡黃色的液體可以嘔出來。

「我們在樹林中發現了欣怡的屍體……」會長再次調整自己，好不容易地說出了這一句。

「像昨天那些人一樣的死法？」大媽的語氣中存在着一種惶恐。

「不知道，但聽醫生說她好像是被勒死的，還有被強姦過的跡象。」

「那一定是那兩個惡霸，我昨天就知道他們不是好人！」

「這樣沒證沒據指控他人是不好的吧?」Dicky 對着大媽皺了皺眉頭。

「但他們看着女生時的猥瑣目光，我一下就看穿他們。」

「這不是證據吧。」

「甚麼不是證據，我雙眼就是證據！」

Dicky 反了反白眼，也不打算和大媽阿鳳爭論下去，我在資源帳幕裏拿了幾塊白麵包，也沒有想太多就把它們塞進胃中，至少之後要再嘔吐的話，可以有東西可以嘔出來，不用再嘔出淡黃色的不明液體。

「我去廁所洗個臉。」會長說完之後，也沒有理會我們的反應，逕自走向了三岔路那邊的大公廁的方向，我們目送着會長離開我們的視線範圍。

剩下我們三人在涼亭這邊，大媽幾次嘗試打開話題但都失敗，不過她仍然不斷嘗試，一直在問我有沒有男朋友，工作做甚麼之類的東西，還把餅乾塞給我讓我吃點東西，但我實在沒有胃口，所以把餅乾放在口袋中。

對於其他問題，我能夠做到的就是支吾以對，時間很快就過了十幾分鐘，無論處理屍體的 Karl 和 Ian，追捕惡霸的阿龍、Sindy 和 Alex，甚至去了公廁洗臉的會長，都沒有回來。

在涼亭後面的燒烤場，會計師繼續陪着妻兒的屍體身邊，不知道他有把多少我們的對話聽進去，我實在不想理會大媽，於是站了起來，走向了會計師旁邊。

「屍體再不處理的話，會腐壞的。」我對還沒吃掉昨天晚飯的會計師說。

「你別管我，我在這裏就好。」這是我第一次聽見會計師的聲音。

「我明白你的感受，你比我更難過吧，家人就是你的一切？」我想起欣怡屍體的模樣，這次沒有想嘔吐的感覺，卻不禁的流下了兩行眼淚。

會計師也開始抽泣，我知道我說錯話了，所以連忙說了兩聲對不起，用衣袖抹了抹眼睛，就轉身向涼亭附近的瞭望台走去，還沒走到瞭望台那邊，就見到 Karl 向着涼亭這邊跑過來。

「我需要幾個垃圾膠袋。」Karl 對 Dicky 和大媽說。

「需要幫手嗎？我現在好多了。」我回過頭來走到 Karl 的身邊，Karl 見到我後用手拍了拍我的背脊。

「我們要把屍體包起來，醫生說和昨天的不明死因不同，他再仔細觀察之後，幾乎可以肯定欣怡是被勒死的，所以屍體要保留，希望當中有證據可以找到兇手，例如兇手的頭髮或者皮膚組織之類的。」

「要把屍體搬過來嗎？」

「不用，會被污染的。」Karl 說完之後拿到了他需要的幾個黑色大膠袋，然後又跑回小溪那邊去。我拿出筆記簿記下了 Karl 拿走大膠袋的時間和數量。

我再次走向瞭望台那邊，可以看到落羽松地區，見到阿龍追着高惡霸一直在奔跑，而 Alex 在另一邊打算包抄他，最後終於成功將他按在地上，Alex 和阿龍對他拳打腳踢了一輪，最後高惡霸投降，站起來跟着他們二人打算走回來。

我看了看天空，天清氣朗，這樣的美景和良好的天氣跟這個不斷有人離奇死亡的地方很不相襯，無論是欣怡、會計師的妻兒，還有昨天的一百多人，他們都沒有幹甚麼壞事，為甚麼就這樣死於非命呢？

我走回物資帳幕旁邊，坐了在涼亭裏面。大媽好像又打算和我搭話，這次我先發制人，對大媽說：「你相信因果輪迴嗎？是不是我們做錯了甚麼事，所以才會在昨天來到流水響這裏呢？」

「好心有好報，輪迴因果，這是當然的。」

「那我們為甚麼會在這裏？為甚麼會被軍隊封鎖？為甚麼欣怡會被姦殺？我們都沒幹過甚麼壞事呀！」我說得有點激動。

「上天自有她的安排，我年輕的時候在鄉下耕田，大飢荒時吃樹皮，我捱過了，現在有三個孝順仔女，還有時間享受退休生活，只要存正念，就自然會有好報。」

「但欣怡只是一個十八歲的小女孩，她現在要如何才可以等到她的好報呢？我不明白，為甚麼會發生這樣的事？為甚麼是我們？」

「十八歲，和我的孻仔一樣大。」大媽若有所思。

「昨天我不應該讓她一個人去落妝的，我應該陪着她。」

「不要這樣想，如果你陪她去的話，可能死者就是兩人了。」Dicky 突然插嘴。

我們說着說着，阿龍和 Alex 押了高惡霸回來。

「我說了多少次，我沒有殺死那個小女孩。」高惡霸一邊走一邊否認。

「你還嘴硬！」阿龍說完，和 Alex 跟 Dicky 合作把高惡霸反綁在涼亭的一根柱子上面。

「真的，我沒有殺人，我也不敢殺人。」

「收聲！等齊人我們才好好審問你！」阿龍一邊說，一邊踹了高惡霸的肚子一下。

「你們沒權這樣做！」高惡霸忍着痛回嗆。

「對，未證實他有罪之前，我們不應該動用私刑；而且那個女生可能也有責任，她總是花枝招展的，感覺惹人犯罪。」Dicky 突然作出驚人的發言。

「你說甚麼？你意思是欣怡被姦殺是她自己的責任？」我提高聲量，指着 Dicky 怒吼。

「女人就是這樣喜歡斷章取義，我哪有說是她的責任，除了兇手，沒人有責任，只有你一個認為自己要負責罷了！」Dicky 用冷嘲熱諷式的語氣回應。

「Clam Down，現在吵架沒有任何用處。」Alex 嘗試調停。

「你要那個男人先對欣怡道歉，這種說法太過份了！」

「好的好的，我道歉，對不起，死者為大。」Dicky 心不甘情不願地說。

「無論她有沒有死，你這樣也是不尊重人！」我的怒火還沒有平息。

「我已經道歉了，你還想怎樣？」

「冷靜，冷靜，我們先回到案件本身吧？」Alex 站在我和 Dicky 中間，用手勢示意我們冷靜，然後轉過頭，對着高惡霸問：「對了，What is your name？我們還不知道呢？」

「我叫阿祥。」高惡霸阿祥簡單地回應。

「阿祥，為甚麼你見到阿龍和我要逃走呢？」Alex 問。

「是你們突然來追我吧？」

「是你鬼鬼祟祟地在窺看欣怡的屍體，我喝住你，然後你就逃走了！」阿龍說。

「可能是我的下意識，一旦有人對我大喝，我就會自然逃走。」

「我才不信你這種鬼話呢！你逃跑是因為你就是殺欣怡的兇手吧！」阿龍咆哮。

「我就說了很多次，人不是我殺的。」

這時醫生 Ian 和 Karl 一起回來，看到我們在審問阿祥，也沒有做甚麼，只是靜靜的站在旁邊，應該是在觀察阿祥的反應，而且審問的內容也沒有進展，阿龍和 Alex 除了看見阿祥心虛逃走之外沒有其他論點，而阿祥也只是一直矢口否認自己有殺人。

「所以呢，我想問一下，昨晚你睡在哪裏？你和你的同伴在我們面前拿走了一個帳幕，一點食物，然後就走了，所以你們在哪裏過夜？」Karl 終於打破了自己的沉默。

「Karl 說得沒錯，Icy 也紀錄了帳幕和食物被拿取的時間是大約七時。」Dicky 翻查着我留在物資庫的記事簿。

「我們在近落羽松那個臨時廁所附近起帳幕，然後在那邊過夜。」阿祥呼了一口氣，然後說，我的神經也被觸動了，因為那正是我們去小溪洗臉時會經過的地方。

「那 Icy，昨天晚上你是和欣怡同一個帳幕的吧。」Karl 記下了阿祥的答案，轉過來問我，在認真思考的他看起來有點帥。

「對，我和她聊了一陣子，然後她說要去小溪旁邊洗臉落妝，就離開了帳幕，之後我就睡着了；今天早上起來的時候，她也不在，可能太累的關係，我睡得很熟，不肯定她有沒有回來過帳幕。」我明白了 Karl 想重組一下事件發生的經過，所以我才用這種方法回答。

「阿龍呢？你和 Sindy 的帳幕在她們旁邊，有聽到甚麼動靜嗎？」

「我記得好像有聽到欣怡走過時的聲音，但沒有聽到她回來，可能是我睡着了，我老婆睡得比較淺，待她回來了你可以問她。」阿龍回答。

「那你呢，你在臨時廁所那邊，她跟 Icy 說是要去小溪旁邊的，會經過你的帳幕吧？」Karl 對被綁在柱子上的阿祥說。

「她有經過，但經過我們的帳幕後，就沿着路向小溪走去了。」

「所以你就跟蹤她，還在樹林裏 Rape and murder her？」Alex 問。

「我就說我沒有殺人，我也沒有跟蹤她，要說多少次你們才聽得懂哦！要指控我殺人，最少要有證據吧？」阿祥雖然被綁在涼亭的柱子上，但完全不落下風。

這時會長追着較矮的那個惡霸，兩人從公廁那邊直奔過來，阿龍和 Alex 撲出來，一下子把那個叫阿俊的矮惡霸擒住。

然後 Alex 和阿龍把矮惡霸阿俊用同一個方法反綁在涼亭的另一支柱子上，會長還在喘氣，我不太明白為甚麼會長會追着阿俊，所以我問：「他怎麼了？」

「他看到我就立刻逃走，我知道有古怪，於是就追着他來。」會長一邊喘氣一邊回答。

「我就說他們兩個心虛。」阿龍斬釘截鐵地得出結論。

「Last Night 你和這個人是不是跟蹤欣怡到樹林裏，然後把她姦殺？」Alex 走到阿俊面前問。

「沒有！沒有！不是我們殺她的！」阿俊十分驚惶。

「等等，不是我們殺她的，即是，你知道是誰殺死她的？」會長突然指出問題，Karl 聽到這種推理時眉頭一皺。

「不不，我不知道，只是……」

「阿俊！」這時阿祥大聲叱喝他的小弟。

「別理他，快點說你發現了甚麼？」會長用自己身體擋在阿祥和阿俊中間。

「你老大他現在也自身不保，你說出來的話，我可以保證沒人能傷害你。」最健碩的阿龍向阿俊作出保證。

「我們發現她的時候，她已經是一條屍體了……」

「說詳細一點！你們在哪裏發現她？甚麼時候？發現她時的情況是怎樣？」Karl 嘗試梳理一下現況，把剛才亂問一通的線索統一起來。

「晚上我們搭好帳幕，吃完東西之後，我們也沒甚麼好做，就躲在營幕內，賭下一個經過的人是男是女……」

「啊，真無聊……」大媽忍不住衝口而出，然後知道自己打斷了阿俊的說話，連忙用手搗住自己嘴巴。

「所以我們知道那個後生女生去了小溪之後沒有回來，然後，阿祥就……」阿俊說到這裏，阿祥再次打算喝叱他，但被阿龍不知到從哪裏拿來了一塊濕布，塞在他的口中，再用繩子綁住，形成了一個像是口球的東西，阿祥沒法再說話，只能發出「呀呀呀」的噪音。

「你繼續。」

「他說不如出去找那個女生，我們就拿了手機離開帳幕，然後在小溪那邊找到她，那時她一絲不掛躺在地上，頸上圍着一條繩子。」

「有沒有見到其他人在場？」Karl問。

「沒有。阿祥說她是從樹上掉下來的，說繩結綁得不對。」

「那你認為她是上吊自殺嗎？」

「阿祥說絕對不是，甚麼繩結往內往外的，我聽不懂。」

「阿祥對繩結很了解？」

「我……我不敢說……」阿俊看着沒法作聲的阿祥。

「這樣吧，我和你玩一鋪擲硬幣，我贏的話，你就告訴我，我幫你應付阿祥，你贏的話，我們就跳過這一點？」Karl 記起今天早上 Alex 曾經和阿祥來過這一招，而阿俊賭性甚濃，幾乎一定會中計。

「好哦！交給上天決定最好，阿祥，如果我輸了的話你不要怪我喔。」

於是 Karl 拿出了一枚硬幣，拋起，再用右手手背接住。

「公！」阿俊猜。

「字！是我贏！」但其實我看到 Karl 有偷偷地用左手手心搓了一下，我不知道阿俊有沒有看到，但我大概看穿了 Karl 的手法。

「要不要三盤兩勝？這樣太隨機了！」看來阿俊沒有看見 Karl 的左手，但卻還是慣性地耍賴。

「別鬧了，快點說吧！」阿龍從 Karl 手中搶過硬幣。

「阿祥不是對繩結特別了解，而是對屍體特別理解。」

「這是甚麼意思？」

「他喜歡屍體，就這個意思。」

「我不明白，他喜歡屍體為甚麼會和繩結有關？」Karl 看來是真的想不通那個連結之處，青澀得有點可愛。

「因為屍體完全使不上力，所以搬運起上來感覺會比活人重，這個你們昨天搬了一百多具屍體，一定會明白吧？但阿祥可不同，他一直都有買通醫院殮房，一直拿屍體尋歡作樂，如果你像阿祥一樣『喜歡』屍體的話，你大概也會知道要用怎樣的繩結才可以拉得動一具屍體，怎樣的繩結是屍體死前自己綁的，怎樣的繩結是死後由別人綁的。」

「不要說了！好嘔心！」大媽阿鳳說完這句之後，我腦海中又出現了欣怡屍體的影像，胃中好像又有一堆液體正要湧向我的喉嚨，但我硬生生的忍住了。

「繼續。」Karl示意阿俊。他可不會覺得嘔心，因為他是一個腦內只有事實、證據和數字的笨蛋偏執狂。

「所以見到這具屍體之後，我知道阿祥大概要拿去『舒服』一下，所以我就自己回到帳幕去了。」

「就當你所說的是事實，那為甚麼你見到我要逃走？」會長現在還是不太能集中精神，昨天那個領導能力超群的會長今天處於離線狀態。

「就我怕你們捉我呀！阿祥又不肯把屍體掩埋，說那是自己的美感，『舒服』完之後要還原兇案現場，所以才把屍體再次吊上去，我就說那樣行不通。」

「所以？如果你說的是真話，那阿祥就是強姦了欣怡的屍體？」會長還是狀況外，但大家都不打算對他解釋，一來難於啟齒，二來不知道他會有甚麼反應。

「但也難保你不是在說謊吧？」阿龍懷疑阿祥的「戀屍癖」是阿俊虛構出來的。

「我才沒有！要不要賭些甚麼？」阿俊大叫，但阿龍沒有理會他。

「I think so, I don't trust him，我建議繼續把他們綁在這裏。」Alex說完之後，大家都點頭。

「無論他們有沒有說謊，我們之中可能有一個未知的殺人兇手，我們也不知道他殺人的目的是甚麼，還有和昨天的大量死亡事件有甚麼關聯，所以現在大家落單就太危險了，我建議不要再單獨行事。」Karl提出，我在一旁聽得不住點頭。

「為甚麼一定有殺人兇手？會不會是昨天那種怪病殺她，然後這……這傢伙撿屍？」Dicky問。

「我沒有說一定有兇手，只是可能有，而且可能性最高。因為剛才阿俊說他們找到屍體時，屍體已經一絲不掛了，昨天的大量死亡事件沒有讓衣服消失吧。」

「那自殺呢？為甚麼自殺也排除了？」

「也不是排除，只是可能性較低。一樣哦，因為阿俊如果說謊，他頂多說他們沒見過屍體，不會說甚麼繩結有的沒的，這種有技術含量的謊話最易被拆穿了。」Karl 肯定的說。

「我贊成大家不要單獨行動，但問題是，現在我們要做甚麼？」我問一下，看來惡霸二人組這條線索算是斷了，而我們也沒有其他線索，即使他們二人說的是真話，我們也沒法肯定誰是兇手，甚至如 Karl 所說，雖然可能性較低，但我們還未可以排除沒有兇手這個可能。

「也沒甚麼可以做，在這裏等待軍隊解開封鎖？」Alex 坐了下來，的確，我們現在沒有甚麼需要做的。

「那我回去帳幕找 Sindy 過來。」眼看大家打算坐下來，阿龍就打算回帳幕去，而經他這樣一說，我才發現 Sindy 原來一直不在現場。

「我陪你吧，現在落單太過危險了。」會長深呼吸調整了一下心情，看來他覺得自己不可以就這樣閒下來。

「我也去，留在這裏看來對事件也沒甚麼幫助。」Karl也不喜歡靜靜地坐着等待。

「我也去，我也不想待在這裏。」我也跟上了他們三人，向着落羽松地區的方向走去。

第五章

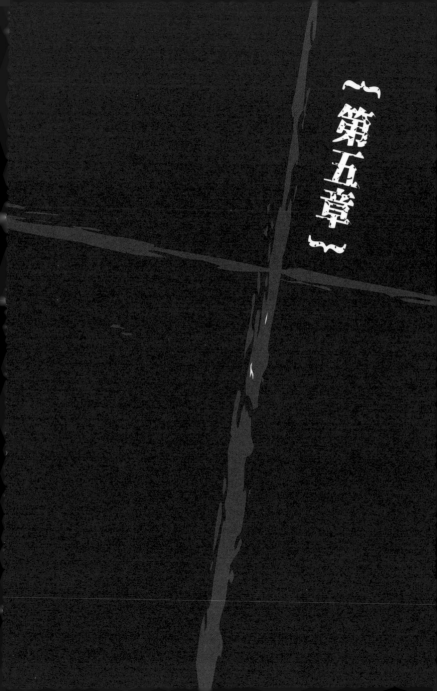

浮在水塘面的無頭屍體

〔第五章〕：浮在水塘面的無頭屍體：

我、Karl、會長、阿龍一行四人在一片沉默之中走到了落羽松區域，照太陽的位置看來，時間已經過了中午，在回到自己帳幕的一刻，我的肚子餓得咕咕作響，我拿出剛才大媽塞給我的餅乾，囫圇吞棗地嚥了下去，我完全吃不出餅乾的味道。

躺在帳幕內部，看着帳幕的頂部那個由兩支支撐棒造成的大十字，我想起了昨天還在這裏陪我聊天的欣怡，我打開電話，看着她昨天傳給我那張小學時胖胖的照片，還有我和她的自拍，想起她昨天就在這裏跟我說如果以後我要人陪的時候，就看着這張照片的那一番話。

「Sindy 不見了，我找不到她！」帳幕外傳來阿龍的大咆哮聲，打斷了我的思維。我那一刻完全驚呆了，不會吧，又有一個人死了？

我立刻走到帳幕外面，會長和 Karl 都已經集合，等候阿龍說明情況。

「她沒有回來過。」阿龍簡單地一邊說，一邊探頭看森林裏面。

「但我是親眼看着她離開小橋追向你的。」我說，當時我和會長身體好了一點，也看出 Sindy 擔心阿龍，所以建議她追上去。

「對，就在你追阿祥的一分鐘內。」會長確認我的說法。

「嗯，她有追上來，我叫她過來落羽松這邊包抄，確保那時的退路只有一條。」阿龍說。

「然後呢？」

「然後我和 Alex 追丟了阿祥，分頭在樹林內找他，Sindy 有來找過我一次，說要回帳幕去休息。」

「但你說她沒有回來過？」

「對，帳幕內的東西都沒有動過。」

「會不會是迷路了？我們現在要不要分頭去找？」會長提議。

「不要分頭，我可不想再有人失蹤了。」Karl 堅定地說。

「我們四人一起去找吧，快！」我一手拉着阿龍的手臂，向着樹林的方向走去。

我們四人在樹林內高呼 Sindy 的名字，叫喊聲響徹了整個水塘區域，每一聲沒有回應的叫喊，都讓人心底發寒，慢慢地、無可避免地，我們開始往壞的方向想。

「不會吧，同一天，兩個人……」會長口中說着一些不明所以的話。

「不會的。」雖然我心裏也沒底，但還是走到會長的旁邊，拍了一拍他的背脊。

「Sindy！是我呀！阿任呀！」會長大叫，我記得會長第一次見 Sindy 時沒有介紹過自己叫阿任，大家一直跟着我們叫他做會長。

「Sindy！你在哪裏？」我也跟着大叫。

找了大約十五分鐘，沒有發現 Sindy 的蹤影，我開始有不祥的預感。

「會不會她不在樹林之中？在相反的方向？」Karl 用他那純理性的腦袋分析之後問。

阿龍和會長都沒有回答，反而直接奔向了水塘的方向，我和 Karl 跟着跑過去，我知道 Karl 有等待跑得較慢的我，看來是擔心我一個人落單，這個笨蛋偏執狂有時也有溫柔的一面呢。

當我們回到落羽松地區時，聽見會長在小溪和水塘交界處發出慘叫聲。

我和 Karl 立刻跑向慘叫聲發出的位置，會長和阿龍站在小溪邊，兩個人都沒有說話，我順着他們二人的目光看去，發現一具浮屍浮在水塘上，那是一具女性的屍體，應該死去了不久，因為屍體還沒有因為泡水而發脹，嘔吐物又從胃部衝上我的喉嚨，Karl 發現了我的不妥，一下子把我拉走，我們兩人離開了現場。

回到涼亭那邊，Karl 和大家交代發現新屍體，要醫生陪他去看。醫生答應後，去拿一些可以處理屍體的工具，例如膠袋之類的；在這段時間 Karl 回頭望向我，我對他點了點頭，示意我可以繼續幫助他調查。

實際上我不想離開 Karl 的身邊，我覺得自己很奇怪，明明昨天已經看過數以百計的屍體，卻可以若無其事，但看到自己認識的人，胸口就會作悶，嘔吐物就會衝上喉嚨。大概是恐懼？因為死亡的人太接近我自己，所以我的身體感受到了恐懼。

「未必是 Sindy，可能是昨天沒發現的屍體呢？」大媽阿鳳想安慰我。

「沒可能的，泡了一天水的屍體肯定又臭又腫……」Karl 搶在我前面回答，他真的沒法理解語意和情感。

「笨蛋偏執狂！這點我知道啦！」我也親眼見過那屍體，是女人沒錯，是沒有發脹也沒錯，我很清楚這些事實，加上剛才面如死灰的會長和阿龍，我肯定那具屍體就是Sindy。我需要冷靜，我們需要找出她們死亡的原因，如果有兇手的話，把他找出來，確保他不能再殺人，我不可以讓恐懼戰勝我，我要幫助大家。

「你不要回去了，在這裏休息一下吧。」大媽繼續遊說我。

「我可以的了，不用擔心我。」我說完之後，跟上了Karl和醫生，希望可以幫得上忙。

我們三人回到了發現屍體的地方，阿龍把自己的衣服鞋襪脫光，跳進水中把屍體拉了回岸邊，屍體穿着Sindy的衣服，但卻沒有頭顱，我再次強忍住嘔吐的衝動，強行叫自己冷靜下來。

阿龍上水之後，只穿着一條內褲，也沒有把身體抹乾，就默不作聲地把衣服一件一件地穿上，阿龍的臉上沒有任何表情，就像一具死屍一樣，但他的身型卻非常健碩、非常陽光，和面部如死灰般的顏色形成了很大對比。

無頭屍體被阿龍撈上來之後，面如死灰、目無表情的人不只阿龍一個，還有會長；阿龍一言不發地看着屍體，不知道在想甚麼，而會長則背對着屍體，不願去面對。

醫生走到屍體旁邊，檢查着屍體頸部的切口。

「你想幫忙的話，去陪着會長吧，他需要有人陪伴。」Karl故意走到我的旁邊，壓低聲音對我說。

「嗯？」我想不到原因，那個完全沒有同理心的Karl居然叫我去照顧會長的心情？是為了讓我不用看着這具無頭屍體嗎？

「別那麼大聲，快去吧，把他帶離現場，好好照顧他的情緒，我大概知道發生了甚麼事，但我完全不懂怎麼安慰人，所以要靠你了。」Karl說得很肯定。

「因為你是個笨蛋偏執狂嘛！」我呼了一口氣，離開Karl，走向會長的身旁，看着他那對像是凝視着虛無的眼睛，完全沒有焦點，我相信他也不知道我已經走到了他身旁。

「會長，我們去散一下步？」

會長沒有理我，他的雙眼還是一樣，感覺看着一個很遠的地方，那個地方感覺就像幾千光年以外的星雲一樣遙遠。

「會長？」

會長繼續無視我的存在，彷彿他的靈魂渴望着可以去到欣怡和Sindy的國度。

「張志任！你給我過來！」接二連三被他漠視之後，我的耐性也消失了，不禁叫了會長的全名。

「阿寧？」會長明顯被我嚇到，整個人跳了起來。

「誰是阿寧？」我說這個名字的時候，阿龍好像在瞪着我們，但我沒空理會，我把會長半拖半拉的帶離現場，我們回到了落羽松區域那邊，這邊只有我們兩個，應該沒有其他人可以聽到我們的說話。

「阿寧是Sindy？」我拉着會長，和他並排地坐在一個燒烤爐的石椅子上，我走過來的時候，已經猜到阿寧是Sindy的名字。

「阿寧是我的學姐，也是我的初戀女友。」會長幾乎是極慢速地，一個字接一個字的吐出這句話。

「甚麼？」

「昨天我見到她們夫婦時，我就認出她了，她沒有甚麼改變。」

「那她有認出你嗎？」

「應該有吧，我不敢肯定。」

「我覺得她有認出你，她看着你的眼神和看着其他男生的眼神不同。」在知道他們是前情侶關係前，我也覺得有點奇怪，但現在知道後，我幾乎可以肯定

Sindy 看着會長的眼神有她獨特的意義。

「怎樣不同？」會長也是一般的男生，根本不可能嗅出那種分別。

「我說不出來，但女生就是會感覺到這種不同，大概是特別溫柔的眼光。」

「真的嗎？我不敢和她相認，現在想起來真的很蠢。」說完這句的會長眼角有一點淚光，我用手輕輕的拍了拍他的背脊。

「相認你又可以怎樣呢？她又結婚了，你也在追求欣怡吧。」

「我見到她之後，我好像覺得自己沒有那麼喜歡欣怡了。」會長說完之後補上一個冷笑，彷彿是在嘲笑着他自己的不專一。

「你這種說法很不好。」

「哪有不好了，欣怡也沒有接受我吧，來郊遊還要四個人才肯來。」果然，這種事不分男女，直覺會告訴你答案。

「我昨晚有和她談過，你也不是沒機會的，至少，欣怡從來沒有討厭過你。」說到這裏我想起了昨天欣怡說這個話題時的表情，不好了，連我的眼眶也開始酸酸的了。

「結果我因為見到阿寧而對她動搖了，在我死了之後，她一定不會放過我吧。」

「不會啦，只是證明了你喜歡 Sindy 多一點吧。」

「當年 Sindy 是學校排球隊的主將，是萬人迷級的存在，她在場上看着對手的認真眼神，我到現在還記得很清楚。」會長的目光還是看着那個位於遠處的虛無。

「萬人迷嗎？很像你的口味呢！」

「別笑我了，當時我為了追求她，可算是不惜一切。」會長一邊說，一邊搖頭。

「你肯定做了一些超級誇張的事。」

「嗯，我去了考車牌，還硬要我爸給我買一輛跑車。」

「然後駕着跑車在學校門口等 Sindy 放學嗎？果然很像你的作風呢。」我的腦海中已經完全出現了當時的畫面。

「但是她沒有上車。」

「為甚麼？」

「她說她不喜歡張揚，但明明她就是我們學校中明星級的存在。」

「你果然完全不明白女生的想法呢？」

「我剛才沒說，其實我爸沒有答應買跑車給我，我偷了我爸的印章，去財務公司貸款買的。」

「你……」

「我就是這麼喜歡阿寧哦。」

「先不說這個，那輛跑車最後怎樣了。」我問了像是Karl會問的問題，雖然有點刹風景，但我真的好在意。

「還可以怎樣，我把它賣回給車行，不夠的錢我自己後來要靠兼職慢慢還，我爸停了我的零用錢快一年，但我不後悔，因為我也拿到了阿寧的電話，而且開始約她。」

「之後你們怎樣成為情侶的？」

「沒甚麼特別，就我一直纏着她，她可能也有喜歡我吧。」

「就好像欣怡一樣，你繼續追她的話，她總有一天會被你攻陷的。」這點我覺得男女都一樣，要是有個人不斷的對你好，只要不是鐵石心腸，總是會被感動的。

「但她們兩個現在都……」會長說到這裏眼泛淚光。

「別想這個，你和 Sindy 為甚麼分手的？」我急忙轉變話題，剛才在說往事時會長的狀態還不錯，畢竟，Karl 叫我找會長，為的就是要安撫他的情緒。

「她上了大學，就沒甚麼時間理我了。」

「就這麼簡單？」

「不然你認為分手要有多困難？」

「我本來還猜是不是因為你沉迷《劍與魔法》之類的。」

「我成立公會是分手後一年的事，當初和我一起玩的人都棄 Game 了，還好後來遇上了你們。」會長說到這裏，轉過來，用手摸了摸我的頭頂，感覺像是一個長輩一樣。

「我也覺得我可以加入公會是好事，感覺好像多了一個大家庭。」我腦海中浮起了加入公會那一年的事。

「不會覺得我們公會要求太高嗎？」

「不會，我們可是要拼世界首殺的公會耶！這點要求是基本的吧。」

「現在這樣，不知道我們有沒有機會再次上線呢？」

「為甚麼這樣說？」

「我們會在這裏一個一個地死去吧，先是欣怡，然後是阿寧，之後是我、你、或者 Karl……」

「你覺得是甚麼殺死她們的？昨天那種怪病？還是另外有兇手？」

「沒差吧，無論是哪樣，我們都沒法子對抗，只能眼睜睜地看着人們一個一個地死去。」會長搖了搖頭。

「我覺得 Karl 一定有方法解決的，不但可以找出兇手，也可以找到怪病的原因，然後帶我們離開這裏。」我對 Karl 很有信心。

「就像想法子殺死阿努比斯，奪得世界首殺一樣。」

「對，連死神阿努比斯都被我們幹掉了，這個兇手又算甚麼？」

聽我說完這句之後，會長站了起來，看着遠方，目光已經沒有了之前那種空洞，我也放心了一點，跟着站起來，再次用手輕輕的拍了會長的背脊一下。

「你回去幫 Karl 吧，她會需要你的。」會長呼了一口長長的氣之後，對我說。

「你一起回來吧，大家都需要你。」說完，我拉着會長的手，打算起行回到發現 Sindy 屍體的地方。

「等一下，這個給你。」會長從口袋中拿出一把萬用小刀。

「給我？」

「對，現在有兩個女生離奇死亡，有這東西的話，你大概可以保護一下自己。」會長說完，把萬用小刀遞給我，我把小刀收起，我們二人一起回到發現Sindy 屍體的地方。

醫生 Ian、Karl 和阿龍用大膠袋把屍體包了起來，我拉着會長走到他們身旁。

「切口很不整齊，是用鋸之類的東西把頭顱鋸走的，死因不清楚，但可以肯定是在死了之後才把頭顱鋸下來的。」Ian 簡單地對剛到來的我們說。

「我在小溪那邊的森林發現了大灘血跡，頭顱應該是在那邊被鋸下的。」Karl 補充。

「如果一個人還沒死的時候被鋸掉頭顱，頭部動脈可以讓血噴到大約兩三米高，但血跡那邊明顯沒有噴射的痕跡，只是流到地上的，表示頭顱是從死屍身上鋸走的。」

「但我們卻找不到屍體的頭部，所以嚴格來說，我們甚至連屍體的身份都還未能確定。」Karl 說。

「不用安慰我了，我知道的，那就是Sindy。」阿龍用冷冰冰的語氣說出這句話。

「我沒有安慰你，是真的不確定。」Karl說出了只有Karl才說得出口的話。

「對不起，他不是這個意思的。」我連忙對阿龍說，說完後，我轉向醫生Ian：「那她會不會也是得了那種怪病？」

「不清楚，跟欣怡今早的情況一樣，初步單憑屍體看不出死因是甚麼。」

「如果是這樣，我們會不會是下一個？有沒有甚麼可以做的？消毒？戴口罩之類？」

「也沒有，如果是由病原體，例如細菌或者病毒傳染的，我們早就吸入過病原體了，現在做甚麼也沒用；不過我真的不是這方面的專家，而且沒有做過任何實驗之前，一切都只是猜測。」

「但我認為不是一種病。」Karl突然開口，我記得他剛才也有說過，兇手存在的可能性比兇手不存在高。

「為甚麼？」Ian問。

「因為病死的話，我們之間根本沒有任何人有動機去把屍體的頭藏起來。」

「對，就像在遊戲中奇怪地方出現擋路地型一樣，一定是設計者故意有目的地放在那裏的。」會長點頭。

「而且感覺好像有個隱藏機制控制這些屍體一樣，欣怡和 Sindy 一定是有甚麼共通點才會被殺的。」

「是角色的設定，還是行動？」

「對不起，我們是做遊戲攻略的。」我跳出來解釋，因為我認為阿龍和 Ian 大概聽不懂他們在說甚麼。

「不要緊，我理解，就是『Why』比『Who』和『How』重要的意思。」Ian 也跟着點頭。

「但是把玩屍體不正正就是那個阿祥的嗜好嗎？」阿龍眼中充滿怒火。

「他那時正被你和 Alex 包抄，又哪有時間和閒情逸致把屍體的頭鋸下來，再藏好呢？可算是有着最強的不在場證明。」Karl 理性地分析。

「就因為這樣，所以兇手另有其人，而且把頭顱藏起來有其他原因？那是誰？原因有是甚麼？」阿龍明顯不接受這解釋，他很想把一切責任都推給阿祥。

「會不會是包圍在外面的人幹的？他們封鎖了這裏，我們出去會被槍擊，但他們可以進來呀！或者 Sindy 剛好越過了他們的警備線，所以被殺死了。」會長提出了大膽的假設。

「但這就解釋不了為甚麼要把頭顱割掉了，留下槍傷，才可以威嚇到我們。」Karl 說。

「笨蛋偏執狂！說這個前要想想阿龍的感受呀！」我跳高敲了 Karl 的頭一下，當然，感受需要照顧的，還有會長。

「我理解的，但我也不認為 Sindy 會嘗試去越過他們的警備線。」阿龍也開始習慣 Karl 的說話方式了。

「我可以說，有兇手存在，而兇手是我們生還者當中的人的機會比較大，只是我還沒想到兇手為甚麼要殺害兩個女生。」Karl 又進入了認真思考的模式，我們現在能倚靠的人就只有你了。

然後我們五人決定先回到涼亭那邊，再和大家商量一下後續如何，Ian 和 Karl 把屍體放到欣怡的屍體旁邊，我帶着阿龍和會長先回去，阿龍的目光充滿着怨恨和怒火，聽過 Karl 說的兇手推論之後，他的目光更是熾熱，我不敢和他搭話。

〔第十八章〕

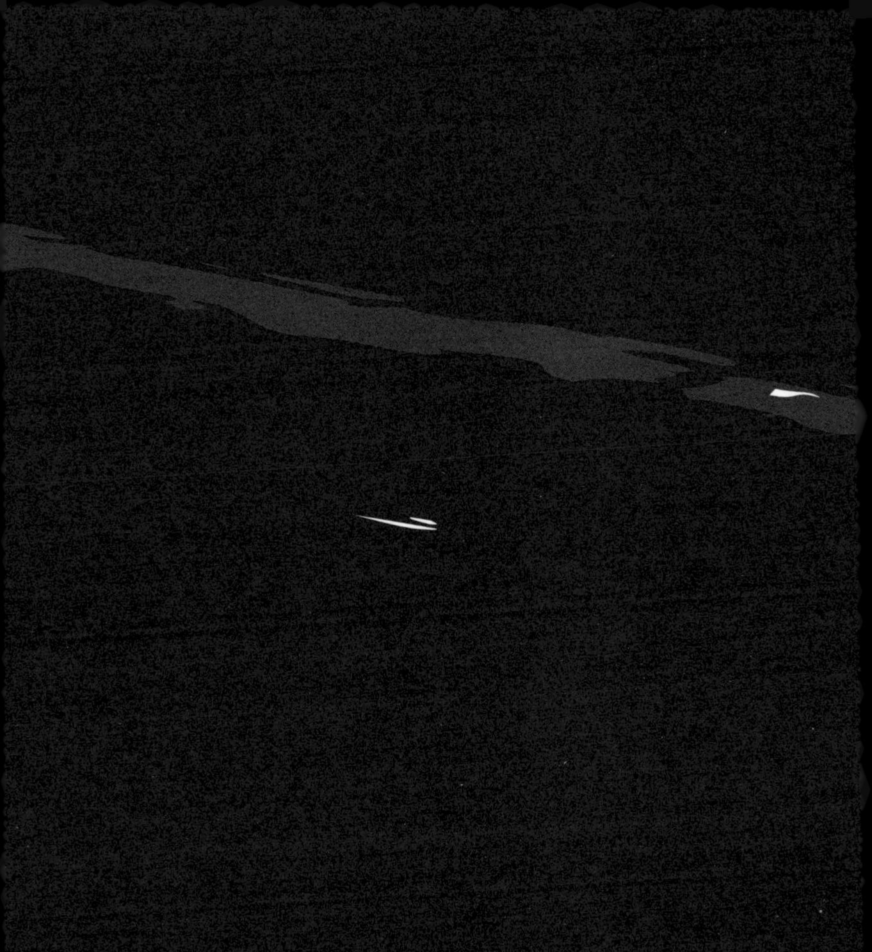

本來就認識的人

〔第六章〕本來就認識的人

我們回到涼亭那邊，為 Alex、大媽、Dicky 和被綁在柱上的惡霸二人組阿祥和阿俊解釋在落羽松地區那邊發生的事，會計師默不作聲地坐在一旁，可能也聽到我們的對話。幾分鐘之後醫生 Ian 和 Karl 都來到，Karl 再次說出了他的猜測。

「所以結論是兇手就在你們當中？」大媽好不容易才聽懂阿 Karl 的說明。

「也不能這樣說，只是她們二人的死因是他殺的機會比其他原因高。」Karl 非常堅持這不是一個結論。

「我不明白，那到底是有兇手還是沒有兇手？」但對於大媽而言，「機會」、「可能性」這類的字眼都太深奧。

「阿鳳，不要緊的，總之就是要提防兇手。」我稍為打了一下圓場，也看了看 Karl，似乎他也不在意大媽阿鳳究竟明不明白。

「在那個女人死的時間，我正被你們追捕，不可能是兇手吧，你們快把我放了。」阿祥立刻插嘴，塞着他口的東西已經被拿走了。

「我反對，放你這個變態自由的話，你可能會對屍體亂來吧！我不容許這事發生！」阿龍用兇狠怨恨的眼神看着阿祥，現在有兩具屍體都放在小溪旁邊，由醫生Ian用膠袋包好。

「我不會啦，只是昨天你們把屍體都全燒了，讓我心癢難耐，我才會發作的，現在已經沒問題了。」

眾人聽完這句之後，即使本來有想放他自由的人，現在也不會為他發聲了；而阿祥大概也知道自己說錯話，我們連同會計師十一個人，全都陷入了尷尬的沉默當中。

「那現在我們應該怎辦？」會長打破這尷尬的氣氛。

「偵探故事的定番①橋段吧。」Dicky答。

「定番？」

「就是必定會出現的東西。」Karl解釋。

「對，這時有人會提議大家應該聚在一起，讓兇手沒有機會再殺人。但總有些人會反對，然後兇手有機可乘之類的。」Dicky微笑着。

---

①定番（ていばん：teiban），日語意思是「例牌」、「慣例」。在此表示偵探故事必定會出現的情節。

「但我覺得這是一個不錯的 Idea，大家聚在一起，兇手就不能下手了。」Alex 也許還沒弄清 Dicky 的真正意思，他大概只是想說笑罷了。

「所以要這樣實行嗎？分頭把帳幕都搬來這邊？」會長說完後，眾人用眼神交流了一下，看來這個「定番」劇情還真的要執行了。

「我們有十一個人，四個去搬帳幕，其餘留在這裏，只要不分散，兇手下手的機會就很少了，加上有人可以守住資源帳幕，我們不知道那個封鎖還要維持多久，確保食物足夠還是很優先的。」Karl 不帶感情地分析，我敢說他已經計算好食物和電池的用量可以維持多久了。

「或者現在已經解開封鎖，只是我們不知道呢？」大媽阿鳳說。

「不會，剛才我用航拍機拍了一下，外面還是被軍隊團團圍着。」Dicky 說出了驚人的話，看來他已經修好了他的航拍機。

「軍隊？」大媽大叫，原來她並不知道軍隊包圍着我們。

「對，由昨天開始，軍隊團團圍着這個地方，他們也沒有甚麼行動，只是守住每一個出口，還有在沒路的地方放置了地雷和封鎖線。」

「這麼重要的事你現在才說？」一直和 Dicky 守護着資源的大媽似乎和 Dicky

談了不少話題，但並不包括軍隊的事。

「你沒有問我。」Dicky 這樣回答。

「所以，我們先把帳幕搬過來吧。」會長說完，指派了自己、醫生 Ian、Dicky 和 Alex 去搬帳幕，而我、Karl、大媽、阿龍和被綁二人組跟會計師則繼續留在這裏。

他們四人離開涼亭開始搬東西，而我們則坐在這裏，也沒有甚麼可以做。

「Karl，你有甚麼頭緒嗎？」我坐到 Karl 的旁邊，我們的肩膀與肩膀之間幾乎緊貼着，或許這一刻我需要一點安全感，又或許我只是純粹想靠近他一點。

「只要找到對手的動機，就可以找到應對方法，現在的情況是軍隊包圍着我們，他們為甚麼要這樣做呢？為甚麼我們十幾人昨天沒有死去呢？兇手為甚麼要殺人呢？又為甚麼要把屍體的頭顱藏起來呢？」Karl 站起來，看着天空，一連串的拋出幾個問題，但沒人能夠解答他。

「我聽不懂你那些問題，但如果要說『為甚麼』，我最想問的是，為甚麼這兩個變態要來郊遊呢？這不是很可疑嗎？」大媽阿鳳突然發難，攻擊被綁在柱子上的二人組。

「為甚麼我不可以來郊遊？我想去哪裏就去哪裏，用不着你管。」阿祥回答。

Karl沒有理會他們，繼續看着天空，思考着。

「說得也對，你們根本就和這個水塘格格不入，你們是不是一早知道這裏會出現大量屍體，所以才來的？」阿龍也是早就看阿祥和阿俊不順眼。

「怎麼可能？」阿祥顯得面有難色。

「你看看你自己的表情！分明就是有東西在瞞着我們吧！」

「我才不會和你爭拗！我們喜歡來就可以來！」

「快點說，為甚麼所有人會在強光下死去？為甚麼你們會沒事？」這時阿龍雙眼的怒火再次中燒，雖然已有不在場證據證明阿祥和阿俊不是殺死Sindy的兇手，但在現在毫無頭緒的情況下，一腔怒火無處釋放。

「阿祥，也沒必要隱瞞吧？」阿俊看來想說，但卻想先得到阿祥的同意。

「不要！每個人也有郊遊的自由！我為甚麼要和這班人交代！」

「是不是我說出來，你就會為我們鬆綁？」

「鬆綁的話，你們會不會逃走？」Karl再次坐下來，回到大家的討論當中，看來剛才的思考也沒有得出結論。

「絕對不會！」

「我反對，萬一他們反口呢？」阿龍還是看阿祥和阿俊不順眼。

「但現在除了褻瀆屍體之外，我們也沒有任何可以指證他們的事吧。」Karl說出了實情，而且他的目光非常凌厲地看着惡霸二人組，好像看穿了他們一樣。

「褻瀆屍體還不夠糟嗎？」阿龍反問。

「真的，我不會逃走，現在逃走，萬一成為兇手的目標就不好了，而且，我們也沒有逃走的原因，這裏有東西吃，也有帳幕可以睡，我才不要賭賠率是零的選項。加上你們現在也許需要勞動力吧？我們二人也能幫手。」阿俊不斷地拋出理由來說服大家。

「所以，你們來這裏的原因是？」我站起來，走到阿祥面前問，我其實並不太想鬆綁他們，但我又很想知道他們來這裏的原因，Karl對着我點了點頭，我有點不好意思，所以繼續看着阿俊。

「不要，不要對他們說。」阿祥再次大吼。

「我們十年前在這裏埋了個時間錦囊，今天我們是約定要把它挖出來的。」阿俊沒有理會阿祥，直接說出理由。

「噗？真的嗎？你們兩個？埋時間錦囊？」我忍不住笑出來。

「時間錦囊？」大媽不知道那是甚麼。

「把自己珍貴的東西埋在地下，五年或者十年後再挖出來回憶，時間錦囊就是這樣的東西。」我為大媽解釋。

「我就說不要跟他們說吧！」阿祥明知沒用，但還是想掙脫綑綁。

「有甚麼問題？我們不可以有童年的嗎？中三那年我們埋下的時間錦囊，還有當年阿祥寫給暗戀對象卻寄不出去的情書呢！」

「喂！」阿祥這次叫得更大聲了。

「真的嗎？」我被好奇心驅使，走到阿祥旁邊，伸手去搜索阿祥的口袋，還真的搜出了一封粉紅色的書信，上面貼着 Hello Kitty 的貼紙，還連隨從信封裏抽出了信紙，我看到了上款寫着「給我最愛的妳」，更加忍不住笑了出來。

我飛快地瀏覽了一下信的內容，當年阿祥和阿俊去學校旅行，但巴士發生交通意外翻側，那個「最愛的妳」因此成為了植物人，而阿祥則在那一刻覺醒了自己奇怪的性僻，愛上了她，但因為她是植物人，沒法回應他的告白，當然也沒法看到這一封信，所以才把信放在時間錦囊裏。

看到這種變態的內容我不禁皺了一下眉頭，正打算大聲朗讀讓大家都知道的時候，阿龍阻止了我，並把信搶過來，塞回阿祥的口袋。

「還給人家吧。」阿龍說，而他眼中的殺氣也顯然平伏了很多。

我也感到有點羞愧，雖然這傢伙是個變態，但我也不應該把他的私隱公開的，可是你要我對阿祥道歉，我又說不出口，那一刻我感到耳根發熱，又想不到說甚麼話可以打圓場，渾身不自在。

「你們有人有小刀嗎？」Karl對大家說，雖然我知道他不是故意幫我解困的，但我還是很感激他。

「我有。」我拿出了會長給我的萬用小刀，遞了給Karl，我的耳朵還是很熱。

「謝謝。」拿小刀的時候，Karl的手踫到了我的手，我的耳朵變得更熱了。

Karl從我手中拿到小刀，準備割斷綁着阿祥和阿俊二人的繩子，當他走到阿祥的柱子背後時，大媽突然捉住了他的手臂，然後說：「我們就這樣相信他嗎？就憑這張粉紅色的紙？」

「那你要怎樣才相信我們？要打賭嗎？」阿俊搶着回答，而阿祥因為情書被我搜到，還是處於一個滿臉通紅的狀態。

「你看阿祥那張紅得通透的臉頰和耳根，你就知道是真的了。」Karl停了下來，輕鬆地回答。

「至少要讓我看看那封信的內容！」大媽說完之後，本來已經滿臉通紅的阿祥從嘴裏發出怪聲，我也躲到了更遠的地方，我接受不了自己剛才原來和大媽的想法一模一樣。

「阿俊，你們的時間錦囊埋在哪裏？」Karl為了控制阿祥的情緒而提出問題。

「就在副壩後面的樹林，我們把東西拿出來之後，月餅罐還放在那邊，你喜歡我可以帶你去看。」

「那你放在時間錦囊內的是甚麼？」

「是我當年第一本買的《龍虎豹》。」

「《龍虎豹》？」Karl這個笨蛋偏執狂居然連《龍虎豹》都不知道？

「是很有名的色情書籍。」回答Karl的好像是阿龍。

「果然是時間錦囊呢！」Karl應該在想那一定是絕版的稀有書籍。

「我就放在帳幕內，待會給你們看也可以。」

「不用了。」阿龍板起臉說。

「阿鳳，這樣可以了嗎？」Karl 轉過去問阿鳳。

「我反對你們還是會放他們的吧，你就試試放，到最後你們就會知道我是對的。」大媽阿鳳放棄反對。

Karl 把阿祥和阿俊鬆綁，阿俊去資源帳幕拿了些食物之後坐在一旁，而阿祥則是自己一個坐到了會計師的附近，背對着我們。

這時搬運帳幕的四人組已經把落羽松區域的帳幕都搬過來了，正要出發去公廁那邊，阿龍這時出聲叫住了會長：「讓我去幫手吧，留在這裏感覺好鬱悶。」

「我也去。」Karl 跟着說。

「別留下我。」我立刻跟進，畢竟我不想留下來面對阿祥，看過他情書的我，現在對着他還真的有點尷尬。

「那好吧，Alex，Dicky，Ian 你們都留下來吧，換我們去搬那邊的帳幕。」會長接納了我們的意見，並且作出了調動。

Ian 他們看見了被鬆綁的阿祥和阿俊，也沒有說甚麼，只是默默地把搬過來的帳幕重新搭建，我認得那個是我和欣怡的帳幕。

Dicky 也沒有理會，在資源帳幕拿了一包薯片，自顧自的吃了起來。

「我還不累，我也去幫手吧。」Alex 說完，直接走在前頭，向着大公廁那個方向走去。

我們一行五人，會長、Alex、我、Karl 及阿龍出發，離開小路之後，就在公廁旁邊的空地看見了 Alex 和 Dicky 的帳幕，當我正打算過去幫助 Alex 時，他卻很快地用手勢示意他自己可以搞定。而阿龍亦開始拆解 Dicky 的帳幕。

「Karl，我們這邊夠人手了，你去副壩那邊看看有沒有遺漏的東西，我去個廁所。」會長說完，也沒有回頭，就走到公廁裏面，我明白他的狀況，畢竟每個人都有人有三急的時候。

「來，我們走吧，順道總結一下現在的情況。」Karl 向我招了一下手，不知道我有沒有看錯，Karl 的臉上一副愁容，他是不是身體不舒服呢，還是有其他原因？

「好的。」我立刻跟上，我們兩個人一起向着副壩的方向走去，剛開始的時候 Karl 一言不發，皺着眉頭，害我的心情也跟着變差了，這個笨蛋偏執狂究竟在想甚麼呢？

「你知道點甚麼吧？」走到副壩後，確定說話只有我們兩人聽到的地方，我們兩人並肩而行，Karl 問了我這個問題。

「你是指？」

「就是知道一點我不知道的事，例如死者的共通點之類的。」

「我知道一點，但不能告訴你。」我想起會長和 Sindy 曾經是情侶這件事。

「我用猜的，你告訴我對或不對，這樣？」

「那我一定會答『對』的。」我攤了攤手，笑了笑，這傢伙一定能猜中的。

「所以會長和 Sindy 之前就認識？」

「為甚麼你這樣想？」我很鄙視用問題回應問題的我。

「會長由第一眼看見 Sindy 開始，眼神就有異樣，而且 Sindy 死後，會長表現得比阿龍還要傷心；但看起來 Sindy 和阿龍都要比會長年長，所以我認為他可能是 Sindy 的婚外情對象，所以兩人也就不便相認之類的。」

「噗。婚外情甚麼的也太誇張了吧？笨蛋偏執狂！」我忍不住「噗」的一聲笑了出來。

「阿龍和 Sindy 雖然是夫婦，但她們並肩而行時，兩人的距離很遠，所以我推斷她們的婚姻中有些問題……」

「總之不是婚外情。」我起手打了這個笨蛋偏執狂的手臂一下。

「那他們是舊情人？同一間大學？」

「不是大學。」我發現我和全都說出來已經沒有分別了。

「哦！這樣就說得通了！終於讓我找到我們這堆生還者之間的關係，不過，問題也還沒解決，至少我們就不是和會長同一家中學，也不見得其他人之前有認識的跡象。」

「所以你問我會長的事是出於八卦囉？」我斜眼地看着Karl。

「才不是呢？我在想方法找出兇手啦！你才是因為八卦才問會長的吧？」Karl不住辯解，滿臉通紅，非常可愛。

「我是因為你叫我去照顧會長，我才會問的。」我決定停止欺負這個笨蛋偏執狂，也把語氣放輕了，雖然，他大概感受不到分別吧。

「先把這個放一邊，我們先找找阿俊和阿祥的時間錦囊……」Karl走到副壩後的樹林，開始搜索。

而我則沿着水壩周圍觀察，果然找到了他們為了時間錦囊而挖的洞，還有阿俊口中那個月餅罐，還有阿祥和阿俊少年時拍的貼紙相。

我拿起照片看了一下，二人穿着校服，不修邊幅，頂着一頭金髮；校服是一間我不認識的中學，既不是會長的中學，也不是我的母校。

「把那些東西都塞進月餅罐裏帶回去吧，這樣就足夠證明他們二人沒說謊了。」

「還有我要記得不要再提那封情信。」我咬了咬嘴唇，我到現在還是非常後悔讀了阿祥的情信。

「至少 Sindy 的死一定和他們無關，他們有最強的不在場證據，就是我們一直在追着他們；而欣怡的死我也不覺得是他們，如果是想要姦屍的話，也完全沒有必要用這種近乎處刑的方式去殺死她。」

「你覺得兇手殺人是為了警告我們？所以才用這種方式？」

「我不清楚，但勒死屍體後還故意把屍體吊在樹上，無論如何都有訊息想傳達吧，反而可能是阿祥的變態嗜好讓那個訊息傳不開來。」

「那 Sindy 呢？有甚麼人有動機殺他？」我不經意地問，我猜 Karl 心中一定已經鎖定了一兩個疑犯了。

「你覺得會長還有多在意她？會因愛成恨嗎？」Karl 沒有回答我的問題。

「你懷疑會長？」

「不是，我只是問你那個程度，我也不認為會長會殺人。」那為甚麼要問？這個笨蛋偏執狂！

「那你覺得兇手是誰？是 Alex 嗎？還是阿龍？Ian ？抑或是會計師？Dicky 或者阿鳳？」我問。

「你呢，你覺得兇手是誰？」Karl 用問題來回答我的問題，我也很鄙視這個他，不過看在他認真的眼神份上，我決定原諒他。

「不知道，因為論不在場證據，Ian 一直跟你一起，阿龍和 Alex 在追逐阿祥，時間上也不足夠，而會計師、Dicky 或者阿鳳也一直在一起，當然可以去洗手間，但時間也不夠，所以也不明朗。」我認真地思考了一會，然後嘗試用剔除法去解決。

「比起 Who 和 How，我還是覺得 Why 比較重要，只要找到兇手的目的，就大概會明白行兇手法和兇手身份了。時間不早了，我們回去吧，試試找出兇手不惜殺人也要達到的目的究竟是甚麼。」Karl 再次語重深長的對我說。

「OK啦，你很煩耶，像個老太婆。」

「而且如果一直不知道兇手為甚麼要殺人的話，就不會知道有沒有下一個目標，或者下個目標究竟是誰。」

「我們也差不多時間要回去和他們會合了。」我覺得我們二人一起的時間很愉快，但若果消失在大家面前太久的話，大概會有瓜田李下之嫌。

「Icy，時間錦囊下有這東西。」在站起來之前，Karl拿起了月餅罐，卻發現月餅罐下有那兩件東西，分別是兩個印有某飲料牌子的襟章，還有兩條小毛巾。

「這是昨天在飲品宣傳攤擋領的紀念品。」我認得那個飲料牌子，同樣的襟章和手巾也放在我的背包內。

「我們和他們相同之處該不會是都拿了這包紀念品吧？」Karl像開玩笑一樣說道。

「這是免費的，大家都應該有領吧？我們在資源帳幕也有不少這種罐裝飲品和紀念品，我猜至少有八九十人甚至上百人都有拿取這種紀念品。」

「我待會回去拿一罐來喝好了。」Karl笑了笑，在這種高壓的環境下，他還是露出了和平日一樣的笑容，或許這就是他的優點吧。

之後我們拿了東西和會長等人一起回到了涼亭那邊，大家都在，而且中間有一種異常的沉默，畢竟已經死了一百多人，外加上昨晚和今天的兩個人，總不可能存在一種和樂融洽的氣氛。

〔第七章〕

第二晚

營火晚會

在沒有頭緒的情況下，太陽下山，看着金黃色的夕陽緩緩下沉，山與山之間一顆非常明亮的星星升起，天色非常清徹，我們再次架起了一個營火，各自在資源帳幕中拿不同的食物，大家都沒有說話，聽着柴火啪啪作響。我想起了我們當中可能有殺人兇手，想起了今天的死者欣怡和 Sindy，但卻沒法開口說些甚麼。

在天色完全轉黑之前，我一直坐在 Karl 的旁邊，經過整天的折騰，實在有一點疲倦，所以偷偷的想把頭靠在 Karl 的肩膊上。

「你們真的覺得這兩單都是 Murder 嗎？」就在我的頭快要碰到 Karl 肩膊的一刻，外國人 Alex 突然走過來搭話，他之前都一直在找人聊天，但沒甚麼人有心情理會他。

「有兇手的機會比較大。」Karl 用近乎趕客的語氣回應。

「所以你們之前就認識，Right？」

「我、會長、欣怡和 Karl 是玩遊戲認識的，你呢？這裏有人是你之前就認識的嗎？」我覺得 Alex 是來套我們說話的。

「這是我第一次來香港。」

「怎麼可能？你的廣東話說得那麼好！」

「我每去一個地方之前都會用 a few months，去學那地方的語言。」Alex 的臉容上流露出一副驕傲的神情。

「幾個月即是三個月？還是五個月？」Karl 說。

「對不起，他對數字很敏感的。」

「三個月吧，之前我也懂一點中文，所以不難。」Alex 這句話沒有夾雜英文，而且語速比之前慢。

「我記得你是教心理學的吧？你是在哪間大學任教的？」Karl 追問，難道 Karl 開始在懷疑 Alex 了嗎？

「史丹福大學，那裏的環境很好的，也有一個大湖，比起這裏也毫不遜色。」

「史丹福大學？我物理學學位就是在史丹福大學修讀的。」Karl 興奮地說，他是一個天才，中學畢業之後，取得全額獎學金入讀史丹福大學。

「是嗎？哈哈哈。」Alex 笑得很假，看來他並沒有 Karl 那樣喜歡史丹福大學。

「所以你為甚麼要來香港呢？」兩人之間有點尷尬氣氛，所以我衝出來舒緩一下。

「唉，其實我上年被史丹福大學 Terminate 了 Contract，來香港，是為了找教職位。」Alex 的表情有點可怕，而我也明白了為甚麼他不喜歡史丹福大學了。

「為甚麼呢？」我不明白。

「因為他們 Envy 我的成果，才故意找碴，把我趕走的。」

「據我所知史丹福大學可不是會故意找碴的那種學府哦！」Karl 不懂看氣氛，這樣下去可不好。

「Alex，我們看看還有甚麼可以吃的吧？」我把 Alex 拉開，向資源帳幕走去。

「他根本不知道 What Happened。」Alex 一邊走，一邊說。

「他就是這樣，不用理他，我相信你一定有你的原因。」

「當然囉，如果不用動物做實驗的話，又如何可以知道新藥有沒有效呢？」Alex 還是一臉不服氣。

「喝罐運動飲料吧。」我從資源帳幕內拿出一罐飲料給他，老實說，我自己也是反對動物實驗的。

「不了，Diabetes。」

「Sorry，我不知道你有糖尿病。」

然後我自己走回 Karl 的身邊，大家都吃飽之後，會長安排好今晚當值的人，前半晚是他自己和阿龍，而後半晚則是 Dicky 和 Alex；聽好安排後，我一個人回到自己的帳幕，看着和昨天一樣的帳幕頂部，雖然帳幕已經全部集中起來，但當我想起昨天還在我旁邊的人已經被勒死，並且屍體被吊在樹上，另一個人則被殺死再砍下腦袋，棄屍水塘中。

這兩天到底發生了甚麼事，究竟我還有沒有機會活着離開這個叫做港版天空之境的郊遊聖地呢。

在我胡思亂想的同時，一個人影來到我帳幕的外面，帳幕外的火光讓人影一直搖晃，我認不出那究竟是誰。

「我可以進來嗎？」是 Karl 的聲音。

「可以。」

「我拿了一點飲料。」Karl 拉開帳幕的拉鍊，拿着幾罐送襟章的那種飲料，然後走了進來。

我坐了起來，Karl 則坐在我旁邊，我這才發現，我和 Karl 兩個人一起困在帳幕內這個小空間，肩膀貼着肩膀的坐着。

「來找我有事？」我感到自己的後頸和耳朵有點熱熱的。

「沒甚麼事，只是覺得今天晚上我心裏總是有點怪怪的感覺。」

「因為剛才 Alex 這樣說你的母校嗎？」

「倒不是，那傢伙就和其他失敗者一樣，把錯誤推到別人身上罷了，沒甚麼好在意的。」我想還好 Alex 聽不到這句，要不然就麻煩大了。

「所以是因為昨天一個閃光就殺死了幾百人，而今天則有兩個人被離奇地處刑式殺死，所以你心裏才會怪怪的？」

「我不是指這個……」Karl 欲言又止，並且拿起那罐飲料一下子灌進喉嚨中。

「所以怪怪的甚麼？」我明白 Karl 來找我理清自己的思緒，每次當他研究攻略遇上障礙時，他也會這樣。

「我不知道，只是我覺得在這裏我的腦袋運作不了。」

「你就不能當這是一個劇情向的推理遊戲？這樣較能讓你理清思路吧？」

「我意思是更直接的，在這裏我思考不了；就好像殺死欣怡和 Sindy 的人會有甚麼共通點，我就搞不清楚了。」

「自會長提出要郊遊開始，你就很抗拒，這個有關係嗎？」

「當然有了。」

「你覺得說給我聽會有幫助嗎？」我忍不住伸手摸了摸 Karl 的額頭。

「如果我可以離開這裏會比較有幫助。」

「但我們都無法得知我們究竟要在這裏，維持這種狀態多久呀……」畢竟軍隊還包圍着我們。

「我今晚可以留在這裏睡嗎？」Karl 突然說出這句話，把我嚇了一跳。

「笨……笨蛋偏執狂……這是對我表白嗎？」我頓時感到面紅耳熱。

「別……別誤會……我沒有這個意思，我不是打算借吊橋效應來追求你……」Karl 也顯得手足無措，看來發現自己說錯了話，笨蛋，這個時候就應該將錯就錯吧。

「甚麼是吊橋效應啦？」我有點惱羞，再一下打在 Karl 的背脊上。

「吊橋效應的正式名稱是『生理激發的錯誤歸因』，即是人類會把一些因為恐懼或者其他原因引致的心跳加速或者血壓升高，錯誤歸納為戀愛所引發的身體反應。總之，我不是這個意思，至少不是想這樣乘人之危。」Karl 連忙解釋，他就是這樣的人，直腸直肚，無法理解他人的感受，但有時又會因為這種反應帶來喜感。

「噗。」聽到這個解釋我忍不住笑了出來。

「有甚麼好笑？」Karl 用手抓了抓自己的頭。

「誰會理會甚麼吊橋效應，又有誰會像你這樣一本正經地背出維基百科的條目啦！」我也已經冷靜下來，畢竟這個笨蛋偏執狂才沒可能在這種情況下表白的。

「總之實情就不是這樣……」他有點臉紅，看起來像個小孩，有點可愛，我也不好意思再追問下去了，感覺我好像在欺負他一樣。

「那，你為甚麼想留在這裏睡？」我溫柔地轉換話題，我對自己的貼心和控制情緒的能力感到驕傲。

「一個人睡在帳幕內會讓我有些不好的回憶。」

「每個人也會有不好的回憶，對於我來說，那是構成我的一部份；當然也有想忘記的東西，但總是越想忘記，越是記得清楚。」我一邊說，一邊想起了昨天欣怡在帳幕內和我的對話。

「我沒有想要忘記，我贊成你所說的，記憶會塑造我這個人，無論是好的記憶，或者不好的記憶也是。」Karl 嘆了一口氣。

「所以，那是關於你母親的？」我以前大概聽過 Karl 母親的事，在 Karl 十六歲時，她的母親突然離家出走，再也沒有回來。

「也有關係吧，不知道她現在活得好嗎？」

「她不是已經重新聯絡你了嗎？」我記得 Karl 說已經和母親恢復聯絡，也有定期見面之類。

「我的意思是，不知道外面的世界現在怎樣了，你想一想，昨天那種強光出現的地方可能並不只在流水響這個地方，而她也可能在昨天就像那幾百人一樣死去了，然後被軍隊像清理垃圾一樣把屍體清理掉。」

「這個可能大嗎？」

「如果是全球性的話，不大；但如果是整個香港，或者整個新界北部的話，我就不敢肯定了。」

「所以，你還沒說為甚麼你不想一個人睡呢？」我為了避免他再次進入另一個旋渦，於是再次改變話題。

「我小五的時候，母親曾經因為不想我整天在家玩遊戲，在暑假時，給了我一個帳幕，整套暑期作業，一套露營煮食工具和二十個即食麵，就把我丟在郊外。」

「她是認真的嗎？」我覺得難以置信，這世上真的會有母親這樣對一個十一歲的小朋友嗎？

「認真，她還說如果七日後她回來，我的暑期作業還沒做完，就不會再回來接我。」Karl 說到這裏明顯想起了他對郊野的恐懼。

「那你有把暑期作業做完嗎？」我為了緩解他的恐懼，所以故作搞笑地問。

「這是重點嗎？」他也笑了出來。

「當然了！」

「我只做了前幾頁，然後我發現她根本沒時間逐頁檢查，所以我飛快地隨便用不同的單字和數字塞滿了總共五本的暑期作業。」他繼續笑着，這個笑容讓我有點放心，至少我有幫助到他了。

「竟然有這招？」

「其實老師也一樣，一班學生這麼多人，每人有三本作業的話，他在九月頭就要改上百本作業，還要上課備課，哪來這麼多的時間？通常只是翻一翻，檢查是不是空白，就過關了。」

「早點認識你的話，我就不需要為暑期作業苦惱了。」我突然覺得自己很笨，怎麼會想不到這招。

「這種事哪有甚麼『早點』不『早點』的。」Karl又再笑了，看來我至少讓他的心情放鬆下來。

「我讓你在這裏睡也可以，但我有一個要求。」

「放心，我會很守規矩的。」Karl的臉紅了起來，這傢伙的腦袋原來也能想到這一點。

「我倒不怕你不守規矩。」我說完，發現好像說錯了話，於是舉起自己的拳頭示意如果他亂來我會打他，雖然臉頰和耳根都熱得滾燙。

「那你有甚麼要求？」Karl的臉更紅了，好可愛。

「在我明天起床的時候，你一定要在帳幕內。」我實在害怕會像今天早上那樣，起床後，旁邊的人已經不在了。

「我明白，沒問題。」Karl 明白了我的意思。

然後累了一整天的我和他，都很快地睡着了，這點很奇怪，經歷了這麼多人的死亡，我們感覺好像慢慢由害怕，變成了麻木。

睡到一半，突然帳幕外面傳來一些人聲，我好像聽到 Dicky 和大媽的聲音。我被吵醒，本來背對著 Karl，現在轉過身來，Karl 也已經被吵醒，我們兩人躺在帳幕內，目光對上，他立刻變得滿面通紅，我也耳朵發熱，我把頭轉向天，避開了他的目光。

「看看外面發生甚麼事吧？」Karl 也尷尬地爬起來，頭也不回地離開了帳幕。

我好像還是第一次和 Karl 這樣四目交投，一想起這事，我耳朵又開始發熱了，那個笨蛋偏執狂究竟要有多遲鈍，才會選擇爬出帳幕外面呢？

我爬出帳幕外面，發現資源帳幕起火，火勢很大，燒起來火光直噴到幾米高。Dicky 拿着一個膠袋，裏面裝滿水，然後把水潑向那個着火的帳幕；Alex、Ian 和會計師都不在，而阿龍、會長、阿祥、阿俊、大媽則和我們一樣剛剛被吵醒，看着這洪洪的烈火，呆站當場。

「快來幫手。」Dicky 拿着膠袋，向小溪的方向跑，這時我才了解，因為最近的水源在公廁或者小溪，要救火，就要由小溪那邊把水拿過來，感覺就是杯水車薪。

「我記得這附近有山火拍的。」Karl 說完，就拉了會長和阿龍，向公廁的方向跑去。

「甚麼是山火拍？」大媽還搞不懂情況。

「就是用來阻止山火漫延的工具，別理啦，我們快點逃走吧？」阿祥一心想要離開這個大火現場。

「等一下，我們快點把帳幕都移走，否則就全部都會燒掉了。」我阻止了阿祥，並怒瞪了他一眼。

這時 Alex 和會計師一起拿着一個裝滿水的大垃圾桶來到，一下子潑向大火之中，大火稍為減弱了一下，但卻沒有要熄滅的現象。

「再拿一桶來吧！」Alex 對會計師說。

「嗯！」會計師爽快地點頭答應，二人拿着水桶又衝回去小溪方向。

就這樣，我們大約弄了一個多小時，才把火弄熄，物資帳幕被燒掉，灰燼堆中有兩具黑色的人型木炭，一個是成年人，另一個則是小朋友，相信是而會計師家人的屍體，會計師向那兩具屍體走去，泣不成聲。

「有甚麼可以幫你的嗎？」我走到會計師身旁。

「沒有了，甚麼也沒有了……」從會計師的語氣中我聽得出絕望。

「他們一定會好好安息的。」我也想不出更好的說話。

「呀！我應該辭工的！我應該多點陪你們的！對不起，是我的錯！」會計師衝過去兩具木炭旁邊，放聲大哭。

這時天也快要亮了，會長要我點算一下有甚麼物資剩下，奇蹟地會長拯救到我的筆記簿，雖然已經有大約五分一被燒掉了，我拿起筆記簿，看着上面寫的物資拿取紀錄，再看着這個已經被燒成灰燼的資源帳幕，心中涼了一大截。

「沒有甚麼可以點算的，基本上面所有食物都沒有了，罐裝飲品的罐子也因為高熱而嚴重變形，裏面的液體早已全都被蒸發。」我也不需要很多時間，就得出了這個結論。

「那怎麼辦？我們要餓死在這裏了嗎？」大媽第一個發難，這倒也是預計之內。

平日總會有人向大媽解釋，或者制止她繼續大叫，但今次卻沒有，大概因為大家都對失去全部食物和物資感到非常害怕。

〔第八章〕

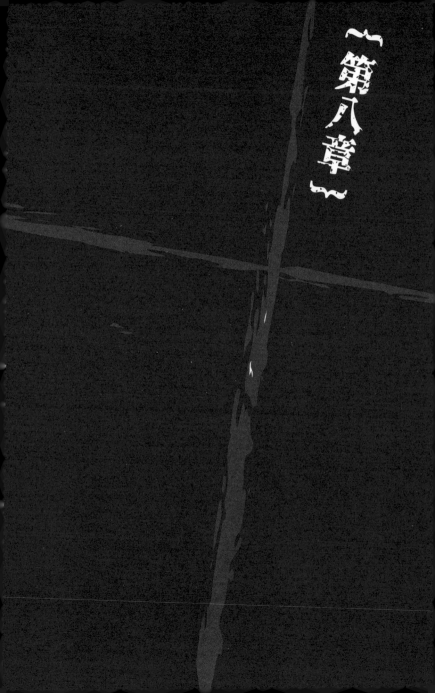

失蹤的醫生

「那麼，Dicky 和 Alex，你們當時是在當值的，知道起火的原因嗎？」會長深深的呼了一口氣，明顯在思考接下來的行動。

「不知道，我們坐在涼亭這邊，我和 Dicky 在談關於動漫的話題，之後資源帳幕就突然起火了。」Alex 說。

「對，我們在討論究竟《Clannad》和《Air》究竟那個才是 Key 社的神作。」Dicky 說了一句沒人理解的話，但我作為編輯，這兩部作品我還是聽過的，都是男性向的戀愛動漫之類。

「那時會計師也在？」

「誰是會計師？」

「那個穿西裝的人啦。」

「哦！原來！這名字取得不錯呢！他被我們 Wake up，我們叫他一起來救火。」

會計師沒有理會他們，繼續看着屍體在哭泣，也不敢觸碰他們，怕他們一蹤就會崩潰，變成一堆飛灰。

「我去那邊查一下起火的原因。」Karl說完站起身，向着我走過來，這也因為我正站在灰燼當中，嘗試點算有甚麼東西剩下來。

眾人也沒有說話，不置可否，這種可怕的沉默讓人想立刻就逃離這裏，Karl開始在灰燼堆中視察，我走到他旁邊，像躲在他後面一樣，打算靜靜地觀察他。

「Icy，你來看。」他指着某件燒得漆黑的東西。

我順着他的食指看過去，見到某個類似是燒毀了的金屬罐。

「這是某種飲品？」

「不，飲品的話，在這種溫度下應該甚麼都沒有剩下了，這是某種工業用或者軍事用的東西。」

「你認為是軍隊把我們的物資燒掉的？」

「不可以這樣說，但如果這是某種燃燒彈的殘留物的話，那至少是人為的火災，然後放火的人還擁有這種工業用或是軍用的東西。」

「要和大家說嗎？」

Karl點了點頭後，回到涼亭那邊，本來打算向大家解釋他的發現，但在那之前，會長突然發出一聲怪叫：「啊！」

「怎麼了？」我走上前，但會長站了起來，沒有理會我。

「醫生不見了！」會長再次大叫，然後大家就像被感召一樣站起來，四處張望，發現醫生不在我們當中。

「該不會……」大媽說到一半，覺得不吉利，沒有再說下去。

「他也不在帳幕內。」阿龍跑向醫生的帳幕，拉開拉鏈，發現裏面空空如也。

之後迎來了一段沉默，大家都有不好的預感，我看了看每個人的臉，大家的表情都顯得不知所措。

「會不會是醫生放火燒掉了資源帳幕，然後逃走了？」阿祥突然叫出來，感覺像哥倫布發現新大陸一樣。

「對！一定是這樣！那個叛徒！」大媽阿鳳立刻附和。

「那麼殺死 Sindy 和欣怡的兇手也是他？我早就覺得他不妥了，一直要我們把屍體燒掉！」阿龍也加入了這個行列。

「其實，昨晚那個叫 Ian 的有來找我。」會計師走過來，一邊抹眼淚，一邊打算加入對話。

「你還好吧。」我開口問。

「我可以了，我也知道人死不能復生，也理解屍體一定要燒掉或者埋好，否則會傳染病菌……」會計師還沒說完，又開始哭了。

「等等，大家不要太快下定論！昨晚醫生是甚麼時候來找過你？」Karl好像發現了甚麼，而且完全沒有理會會計師的感受，逕自發問。

「我不清楚，是大家都睡了之後吧。」會計師用力地把鼻涕吸回鼻孔裏，他那紅腫的雙眼感覺就像吸血殭屍一樣。

「那時候應該是會長和阿龍當值吧，你們有看見醫生去找會計師嗎？」

「我們沒留意。」會長搖了搖頭，有點欲言又止的感覺。

「對，我們在談其他事情，就在資源帳幕前。」阿龍回答，我猜兩人是在談關於Sindy的事。

「醫生至少沒有繞過來我們這邊。」會長補充。

「所以一切都是醫生搞的鬼？我們現在就去把他找出來！」阿龍又一次進入怒火中燒的狀態。

「先等等，冷靜一下，會計師，你覺得醫生會偏執到趁你睡着時偷走你妻兒的屍體去燒嗎？」Karl 阻止阿龍，繼續詢問會計師。

「我怎麼知道！我 OT 通宵，然後老婆說我答應了孩子要來郊遊，我睡也沒睡，衣服都沒有換就來到這個鬼地方，為甚麼會變成這樣……」說罷，會計師跪了在地上痛哭。

「會計師，你先慢慢深呼吸一下，我們大家就是在思考為甚麼會變成這樣……」我嘗試安慰他，但事實上我也很想哭，我也很想問為甚麼會變成這樣。

「等天一亮，我就啟動我的無人機，一定要把那傢伙找出來。」Dicky 插嘴，總算有個人說出一點有用的提議了。

「如果那傢伙和軍隊是 Company 的話，找他出來有甚麼用？」Alex 走過去灰燼之中，拿起了剛才 Karl 檢查過的塑膠燃燒彈殼再回來大家這邊，然後對 Karl 說：「你也同意吧，Karl，剛才你應該就是想說這件事。」

「我的確在灰燼中發現了這個類似工業用或是軍用的燃燒彈彈殼，但這不能確定是醫生做的，更不能說是醫生和軍隊勾結的證據。」Karl 好像是現場唯一一個還覺得醫生是清白的人。

「那你認為是甚麼？」Alex 追問。

「我昨天幾乎所有時間都和醫生在一起，他不可能是殺死 Sindy 的兇手，而且，我也不認為他有能力使用這種燃燒彈。」

「那他為甚麼執着要把屍體燒掉？是軍隊給他的秘密任務吧！他肯定是內鬼，我賭多少也可以！」阿俊也加入定罪醫生的行列。

「先把他找出來好好問問吧，他可能會有點自我保護，但我認為他是冷血的兇手或者是軍隊的內鬼這個可能性，很低很低。」Karl 一邊說一邊搖頭，面對着彷彿找到一線希望的大家，他也知道自己如果沒有決定性的證據，他說服不了任何人。

「如果他是軍隊的 Rat，現在大概已經離開了這個鬼地方，甚麼找他不找他，只會徒勞無功罷了。」Alex 說完，也沒有再理我們，回到涼亭坐下。

這時天色開始變亮，由於這裏幾乎四邊都是山，我們也看不到日出，只知道天空由黑色慢慢變成了橙金色，最後變成了天藍色，Dicky 拿出了他的航拍機，升空，開始搜索。

其他人沒有任何行動，大概可能也不想離開大隊去找醫生，如果相信醫生是放火的人或者兇手的話，大概更不想自己一個或者兩個人出去找他了。

我和 Karl 坐了下來，也沒有甚麼可以做的，Karl 一直在思考，我也不好意思打擾他，於是坐在涼亭中，倚着柱子打算休息一下。

「這……這是甚麼？」突然，駕駛着無人機的 Dicky 大喊。大家圍過來看着 Dicky 控制器的熒光幕，看起來像是一堆飄浮的東西，數以千計地包圍住他的無人機。

片刻之後，我們都知道那是甚麼了，因為天空中像下雨一樣掉下大量的紙張，鋪天蓋地地灑落在流水響的上空。

「生還者注意，明天早上八時，到公廁集合，會有專車送你們離開。」大媽拾起一張紙之後，大聲地把紙上寫的文字唸出來。

我也拾起了一張單張，上面有中英日韓四種文字，至少中文和英文的意思跟大媽唸出來的一樣。

「所以，如果我們明天還找不到誰是殺死欣怡和 Sindy 的兇手，那兇手就可以逍遙法外了。」我有點感嘆地說，說完之後，有幾個人用「哦」這種方式回應了我，但我分不清那是誰的聲音。

「這點我不清楚，但現在我可以肯定，放火的人比我們更早知道這件事，才夠膽把資源帳幕燒掉。」Karl 說的時候目光非常堅定，我覺得他已經有頭緒了。

「可以更加肯定是醫生做的！他是軍隊的內鬼，自然知道軍隊甚麼時候會解封了！」阿祥用肯定的語氣說。

「我們不可以用醫生就是內鬼和兇手這種方向來思考的，畢竟他有不在場證明，而且也沒有甚麼直接證據證明他是內鬼。」

「他現在不在場，就是最確切的證據。」大媽用一種似曾相識，感覺像是尋找偷吃雪櫃中蛋糕的兇手那種語氣說。

「我可以調查一下醫生的帳幕嗎？」Karl 也沒有等任何人回答，自己走向醫生的帳幕，我一邊用手撥開漫天紛飛的單張，一邊跟着 Karl 走向那個帳幕。

調查了一陣子之後，Karl 好像有點發現了，他爬出帳幕外面，揮手示意大家過去，而有過去的人，就只有我、會計師、Alex、會長和阿龍五個人。

「這裏有一個小洞。」Karl 指着帳幕上半部的一個小洞，然後說：「是用非常尖銳的東西刺穿的。」

「那又怎樣？」阿龍第一個提出質疑。

「Icy，拿你的萬用刀對着這個帳幕捅幾刀試試？」Karl 沒有回答阿龍的問題，直接問。

我拿起小刀，輕輕地刺向帳幕，但刺不穿。

「用力一點也沒關係。」Karl對我說。

於是我加大力度，連續地捅了這個帳幕幾刀，帳幕的物料很有彈性，而且相當堅韌，即使最後我幾乎已經是用盡全力，但帳幕還是絲毫不損。

「這帳幕怎麼這麼厲害？」會長讚嘆。

「這應該是一種防割物料，用來做帳幕可以提供防盜效果，所以，那邊有個小洞就非常奇怪了，徒手是不可能割穿這個帳幕的，至少要有像十字弩的威力才有可能。」Karl分析。

「即是說醫生持有一把十字弩？」阿龍問的時候也有幾分懷疑。

「沒可能吧，前天醫生來流水響時就騎着一輛單車，十字弩可以放在哪裏？」

「也未必吧，如果他是軍隊派來的內鬼，這種東西自然可以拿到，也不需要像十字弩那麼大的一把，可能只要釘槍之類的東西就可以了。」阿龍還是咬定醫生就是內鬼。

「這也是先假設他是內鬼，再得出來的推論，而不是證明他是內鬼的證據。」Karl開始有點受不了這種倒果為因的所謂「推理」，嘆了一口氣，然後繼續說：「我的問題是，洞口是由帳幕內向外弄破，還是相反，由外向內弄破呢？」

「你直接說結論吧。」我明白Karl這樣問的時候，他一定已經有點想法。

「嗯，洞口在帳幕的上半部，即是說，如果是從內向外弄破的話，刺出來的東西，會指向天；相反，如果是由外向內弄破的話，刺進去的東西，會指向在帳幕內的人。」Karl一邊說，一邊用手比劃着彈道的直線。

「哦！我明白了，即是你認為醫生被十字弩之類的東西襲擊？」會長插嘴。

「有這個可能，但帳幕內卻沒有血跡，所以也證明不了我的猜想，如果是麻醉手槍之類的東西，還是有可能，在不流血的情況下把醫生擊中，再帶走。」

「所以這是先假設他不是內鬼，再得出來的推論吧？」阿龍帶着不忿的語氣說。

「我比較着重事情『為甚麼』要發生，如果擁有十字弩或者麻醉手槍的人是醫生本人，他為甚麼要從帳幕內向天發射呢？晚上大家都在自己的帳幕內，而當值的你們、Alex 和 Dicky 都坐在這個小洞的相反方向，根本就沒有目標。」

「我不知道……」阿龍雙手交叉在胸前，明顯不服氣。

「我還有多一點證據可以證明，醫生是被某個人從帳幕外打暈或是麻醉，之後再被殺死。」

「別再賣關子了。」我知道這是 Karl 的講稿中常用的定式，為了讓觀眾繼續看下去。

「你們來看這具屍體。」Karl 離開醫生的帳幕，向着資源帳幕走去，大約十幾米的距離，我們一行人也跟着走過去。

「啊！竟然！」首先尖叫的，是會計師。

「你看出來了，這具成人的屍體，其實不是會計師的妻子，而是醫生本人，即使所有東西都燒焦了，骨骼和體型還是有分別的。」Karl 指着成人身型的那具屍體，明明已經被燒成一條黑炭，但看來會計師和 Karl 都清楚這具屍體不是會計師的妻子。

阿龍和 Alex 一起哄上去觀察屍體，我因為覺得嘔心的關係沒有跟上，當他們看了一會之後，都點了點頭。

「我去找我妻子。」會計師丟下了這麼一句，然後離開了大家，向着小溪的方向開始尋找。

「我猜測，起火後，由於Dicky、Alex和會計師都跑去找水源救火，所以預先麻醉醫生的兇手可以借機把醫生殺死，丟進大火中，再把會計師兒子的屍體丟進去，最後只要把妻子的屍體藏起來，就大功告成，如果不近距離觀察的話，基本上不會發現那其實不是會計師的妻子的。」

「你經常說要想『為甚麼』，按你所說，兇手為甚麼要這樣大費周章地殺死醫生呢？」阿龍問。

「我認為，兇手就是想藉此嫁禍給醫生，而醫生死無對證，我們以為他逃走了，即使明天離開這裏，我們也只會要求執法機構把醫生找出來，不會找上他。」

「這也有道理，But the problem is，究竟誰是兇手？」Alex攤開雙手。

「我不知道，我甚至連兇手和軍隊有沒有關連的證據也找不到。」Karl搖了搖頭，但看從他的眼光中看出了異樣。

「Oh no！那即是我們要繼續和這個冷血兇手一起，直到明天早上？」

「所以我們要更謹慎地監視彼此，又或者轉個好聽一點的說法，去保護彼此。」Karl肯定地說。

「說了這麼久，不就是沒有辦法嘛！」Alex說完這句後，隨便在一個燒烤爐旁坐下來，阿龍也自己走回了涼亭那邊，而我、Karl和會長則找了一張野餐用的桌子，坐了在旁邊的石椅上。

〔第九章〕

第三晚

營火晚會

第九章：第三晚營火晚會

接下來我和 Karl 一起在涼亭附近搜索了一下，找不到會計師妻子的屍體，Karl 再次去檢查了欣怡和 Sindy 的屍體，看來也沒有發覺甚麼異樣。

當我們一起回到了涼亭附近時，時間已經中午，不經不覺間我們已經鬧了整個早上，我看見會計師也放棄了找尋妻子的屍體回來了，其他人都各自沉默地坐在涼亭內或者附近的石椅上，互相都在視線範圍之內，與其說是互相保護，感覺更似互相監視，畢竟已經出現了三名死者，而兇手的線索卻一點都沒有。

我也有想過會不會是由包圍我們的軍人突襲，但 Karl 說想不到軍人要這樣做的理由，他們有絕對的武力優勢，想要殺掉我們的話，大概只需要放幾個炸彈，或者直接衝進來開槍就可以，完全不需要這樣迂迴。

所以現時我們還是把疑犯鎖定在我們這堆生還者以內，但大家其實都各自有不在場證明，也沒有甚麼動機，雖然知道了會長和 Sindy 是舊情人的關係，卻找不到這關係和死亡之間的關連。

我們留在營地，大家都沒有甚麼動作，因為知道只要等到明天早上八點，所有事情都會過去，現在也沒有食物庫存了，大家聚在一起，只是為了不要讓兇手有機可乘。

很快的，天色已經接近黃昏，我們照舊在涼庭附近起了一個營火，然後坐在附近。大家都無所事事，因為明知道明天早上就可以離去，食物也都已經耗盡，我們實在沒有要去做任何行動的理由。

「Icy，你有時間嗎？」這時蹲在離涼亭大約十多米遠的 Alex 突然對我招手。

「唔？」我走到他旁邊。

「Yes，Come，你看這些螞蟻……」原來 Alex 一直蹲在那邊，看螞蟻們正在搬運我們留下來的罐裝飲料，雖然已被燒成焦黑，但總還有點糖份或者其他東西剩下來吧。

「咦？我以為活下來的只有我們。」

「才不是呢，人類可能才是最 Fragile 的。」

「不過，這幾天也沒有聽到甚麼雀聲蟲聲，這些螞蟻可能和我們一樣。」我攤了攤手。

「和我們一樣？」

「就是不知道為甚麼，我們活了下來；但他們比我們好，至少有食物，而且中間也沒有殺人兇手。」我笑了出來。

「你認為誰才是兇手？」

「連 Karl 都不知道，我又怎麼可能知道呢。」

「你和 Karl，是情侶嗎？」

「不是啦！你聽誰說的？」我的耳朵一熱。

「Last night 我明明看見他住進你的帳幕了。」

「那只是……一點私人理由罷了。」我的耳朵好像比剛才更熱了。

「That is nice to be young，我也希望我年輕時可以找個對象曖昧一下。」

「真的，真的不是啦；你看起來不是比我大很多吧，你年輕時是怎樣過的？」我轉換了一下話題，實際上我也不懂看外國人的年齡，他大概大我十年或者十五年吧。

「就埋首做 Research 哦，像我這種人是沒有時間談戀愛的，你有沒有看過《Hunger Games》？」

「那本改編成電影三部曲的小說？中學時看過，中文版的，就一般的愛情小說吧，背景獨特一點罷了。」

「作為一個二十出頭的 Girl，你也太不浪漫了吧？」

「所以你說你的年輕時是像那個男主角 Peeta？還是 Gale？」我只記得一個是要女主角保護的弱氣男，另一個是和主角青梅竹馬的打獵伙伴。

「我像 Katniss，靠着自己的努力，捱過一場又一場的 Survival Game，最後生存下來的人。」

「好奇怪，一個大男人說自己像小說的女主角。那豈不是每個男生都喜歡你？」

「Hey，I am not gay。」Alex 笑着回應。

「所以你的意思是你人生就是一場又一場的生存遊戲？」

「Kind of……簡單來說，就是要生存下來，就不能對任何人仁慈的意思。」Alex 攤了攤雙手。

「那你覺得我們現在這場生存遊戲玩得怎樣了？」現場一百多人只有十三人活下來，還有三人被謀殺，這可以算是生存遊戲吧。

「我老了，現在不玩遊戲了，如果做ＧＭ的話我反而可以。」Alex 說完大笑。

「ＧＭ？Gamemaster？」Gamemaster 是桌上角色扮演遊戲的主持，負責監管玩家行為並維護遊戲環境。

「不過不要緊了，明天我們就可以 Get Out Of This Shit。」Alex 繼續看着那堆螞蟻，他的目光就像一個看着實驗品的瘋狂博士。

「對了，Alex，你說過你是在大學研究心理學的，心理學能幫助到找兇手嗎？像吊橋效應那樣的東西。」

「哈哈，怎麼突然說起吊橋效應。」

「沒，這是我最近聽過最接近『心理學』的詞彙。」

「我們現在的處境和吊橋效應無關啦，你有沒有感到心跳加速之類的？」

「誰會在看螞蟻的時候心跳加速？」我一邊看，一邊忍不住拿起樹枝想把螞蟻挑走，每挑走一隻，他們會自動補上，然後被挑走的螞蟻也會乖乖的走回隊列中。

「所以不是吊橋效應啦，我們現在的情況，反而有點像 Dunning-Kruger effect。」

「登寧居格？甚麼來的？」

「就是我們以為自己掌握到很多資訊，很接近真相，但實際上我們甚麼都不知道的意思，中文有一句好像叫做 frog in a well，越知道得少，越以為自己掌握得多，因為我們連基本評價自己的能力也不足夠，所以會不斷高估自己。」

「我聽不懂。對了，你昨天說過你被史丹福大學逼害的事，可以說多一點嗎？」這樣一個心理學教授，是怎樣被開除的呢，我很好奇。

「當時我在做一個犯罪人格的研究，和某個 Prison 合作，每天觀察幾個死囚的反應；結果出了人命，他們為了卸責，就把事件全推給我了。」

「為甚麼做心理學研究會出人命？」

「他們本來就是死囚，連環殺人犯，如果他們的死可以讓科學發展，又有甚麼所謂呢？」Alex 一邊說，一邊繼續把玩地上的螞蟻。

「所以你研究的是甚麼犯罪人格？這些殺人犯又是為甚麼會死的呢？」

「說你也不會懂的，對了，今天一直沒吃過東西，很餓吧？」Alex 一邊更改話題，一邊用樹枝把其中一隻螞蟻擢死。

「你有東西可以吃嗎？」我也有點心寒，不敢再和他談那些死刑犯的話題。

「我昨天留了一點餅乾，可以分一包給你。」

「吖，對了，我們可能總有些食物留下來吧，要不要集合一起讓大家都有點東西可以吃？」

「我覺得不要，Starve 一晚死不了人的，但如果要爭奪食物的話，就真的要變成《Hunger Game》了。」

「Karl，你過來？」我不同意 Alex 的說法，不是每個人也有把餅乾甚麼的留下來吧，於是我把 Karl 叫過來。

「找我有甚麼事？」Karl 走過來後，立刻被螞蟻吸引住了，而 Alex 看來也不想和擁戴着母校史丹福大學的 Karl 說話，自顧自的繼續觀察螞蟻。

「你有甚麼食物剩下來嗎？」我問 Karl。

「有哦，我有四個豬柳蛋漢堡，第一天買的，他們有很多防腐劑，我肯定現在還是能吃的。」

「哦！單是這裏，已經可以分到每人有半個了！」我站起來大聲宣佈：「你們有食物嗎？要不要吃隔夜豬柳蛋漢堡？」

「可以給我們二人一個嗎？」阿祥和阿俊首先過來，兩人都用手按着自己的肚子。

Karl 回去自己的帳幕翻找了一下，找到了那個兩天前的麥當勞紙袋，並把一個包遞給了阿祥。

「阿祥，你知道香港有可能買到類似麻醉槍的東西嗎？」

「嗯？」阿祥剛才應該沒聽到醫生的死因，所以奇怪 Karl 為甚麼問這種問題。

「手槍型的，可以射出麻醉藥，用來打獵用的。」

「聽起來用一般汽槍改裝就可以了，還是你一定要專業級的？這種東西也不算甚麼軍火，要運進來香港還算容易的。」

「那彈藥呢？能買到可以立刻把人弄暈的量嗎？」

「這個比較麻煩吧？在香港要弄到醫療級的藥物是很煩的，普通人不易買到。」

「謝謝你。」Karl 和阿祥談了一陣子之後，拿着另一個豬柳蛋漢堡，轉身過去問 Alex：「你呢？你想吃豬柳蛋嗎？」

「No，我怕會拉肚子。」Alex 簡短的回答。

「對了，你不怕餓肚子，只怕會拉肚子。」Karl 說了一句奇怪的說話，但我認識的 Karl 從來不會說多餘的東西。

「這是甚麼意思？」

「沒甚麼意思，我只是很想念昨天倉庫裏還有即食麵的日子。」

「我也很想念，現在很想吃點熱的東西呢！Instant Noodle 是日本人最偉大的發明。」

「咦，這水塘裏應該有不少魚吧，為甚麼他們像那些螞蟻一樣沒死呢？連一條死魚也沒有浮上來。」Karl 問。

「對哦，我們有沒有釣魚用具之類的，可以把魚釣上來吃！」沒有等 Alex 回答，大媽突然插嘴。

「沒有吧，在水塘釣魚是犯法的。」Dicky 回答說。

「沒有民航處許可時讓無人機升空，也是犯法的。」Karl 冷冷的說，這個 Karl 有點奇怪，有點咄咄逼人。

「那有甚麼關係，總之我們現在就沒有釣具啦。」

「所以你是會為了喜好犯法的人？」Karl 不許 Dicky 轉變話題，繼續追問。

「這樣說不對啦，每個人都會犯法，好像衝紅燈之類的，但還是有底線的。」

「在水塘釣魚算不算是你底線之內？」

「我倒沒想過這問題，總之我的底線就是不要麻煩到別人的範圍內就好。」

「對了，你吃不吃豬柳蛋漢堡？」

「好吧，給我半個。」說完之後 Dicky 從 Karl 那邊接過了漢堡，並把它撕成兩邊，把另一半還給了 Karl。

我本來還有點懷疑，但到了這刻，我基本上可以確認，Karl 不是在閒話家常，而是在刺探他們是不是兇手之類的，感覺就像在玩遊戲時試 Bug 一樣，做一些正常人不會做的事，問一些正常人不會問的問題。

「我們可以這些帳幕來做個像是魚網的東西嗎？我以前在鄉下時，淡水撒網捕魚是我的拿手好戲呢！」比起三天前的豬柳蛋漢堡，大媽阿鳳明顯比較喜歡水塘內的新鮮魚類。

「真的可以嗎？你怎麼知道水塘內的魚可以吃？」Karl 又來了。

「為甚麼不可以吃？淡水魚會多骨一點，但可以吃的。」

「不是骨的問題啦，是會不會有毒的問題，前天那種強光可以殺死這麼多人，甚至連阿龍的大型金毛犬 Roca 也殺死了，但水塘內的魚卻全數生還，吃這種魚也太危險了吧。」

「這……你也說得對；但我們也沒有死，會不會我們體內也存在甚麼毒素？」

「那一點我反而放心，我們又不會吃自己的肉。」

「不知道會不會有長期症狀……」

「這個我也不知道，但至少我們撐過了第一波。」說完這句之後，Karl 拿着

Dicky 剩下的半個豬柳蛋漢堡站起來，走向會計師。

「我不用了。」會計師明顯有聽到 Karl 和大家的對話，在他遞上豬柳蛋漢堡前就阻止了他。

「我們還未知道你叫甚麼名字呢？」

「明天我們就各散東西了，你知道我的名字又有甚麼用？」

「因為我們是同一類人，雖然我還不知道為甚麼我們可以活過來。」

「我跟你才不是同一類人。」

「你也不認識我吧，我再介紹一次，我叫 Karl，以創作遊戲攻略作職業，不過，離開這裏之後還有沒有這個職業我就不敢說了。」

「Gilbert，銀行業。」

「所以你不是會計師？」

「我甚麼時候說過我是會計師了。」

「你的打扮，你的樣子，你的表情，全都在跟人說你是會計師呀！」

「以貌取人是最低效率的解決問題方法。」會計師冷冷地回應，而我開始不知道應不應該繼續叫他做「會計師」了。

「對不起，Gilbert，因為我們很少交流。」

「因為你沒有在這裏失去老婆跟兒子呀！」Gilbert現在還沒有回復過來。

「阿龍也失去了妻子，會長也失去了欣怡，大媽的朋友也死了，我們的處境沒有分別。」

「現在說甚麼也沒意義了。」

「我明白你的處境，我也一樣。」阿龍走到Gilbert旁邊，坐下來，繼續說：「只不過是來一趟郊遊，就甚麼東西都沒有了的感覺。」

「我跟你們不一樣。」Gilbert堅持，阿龍也沒有回話，只是拍了一拍會計師的肩膀，然後繼續坐在他旁邊。

然後是一陣子的沉默，沒有蟲鳴，沒有鳥鳴，就只有一大片的寂靜。

「天色很清呢。」Karl突然站到涼亭外，抬頭對着天空，我被他的說話吸引，也走到涼亭外，看了看天空，由於沒有光害的關係，一整條銀河掛在天上中央的位置，這片星空真的非常美麗。

「嘩，好漂亮！」我不禁說了出來。

「你看到那邊像是一個大勺子的那七顆星嗎？」

「哪裏？」

「那邊，一、二、三、四、五、六、七……排成一個像問號，又像是勺子的形狀。」

「啊！我見到了！」

「由問號的最上方的兩顆星，拉一條直線，你會見到他指着一顆星。」

「那顆？」我伸出手指，指着那顆星，她不是特別光亮，但讓人感覺非常平靜。

「這顆是北極星，古時有種說法叫做『北斗指極』，北極星永遠都會在天空的北面，而北斗星最頂的兩顆又永遠會指着北斗星。」

「所以我現在的手指就指向北面了？」

「對，從人類有歷史開始，只要你指向這顆星，你就是指着正北方。」

「嗯。」我一邊說，一邊把身體挨近了Karl一點點，和這個人一起看着這一片美麗的夜空，感覺好像甚麼煩惱都會隨着夜空消散。

「亦即是說，對於人類來說，無論你做甚麼，北極星都會一直看着，不管這世界上有沒有神，有沒有法律，北極星會一直看着你的所作所為。」

「但只限在北半球吧？」會長也站到了我們的旁邊，抬頭看着星空。

「很多人一生人也不會離開北半球吧……」Karl帶點微笑回應。

「這裏叫做天空之鏡，如果現在去落羽松那邊的話，可以看到銀河倒影在水塘面吧？」我突然想到這點，當我說完之後，才發現這句說話根本就是叫大家解散的意思，因為如果我們為了看星而去落羽松區域的話，大家也可以用不同的理由離開涼亭這邊，但互相保護，或者說互相監視這件事就變得沒意義了。

「如果大家都同意去看的話……」會長看了看大家，實在對星空有興趣的人，就只有我們三個而已。

「我只是說說罷了，留在這裏也挺好的，反正明天早上大家都可以回家了，看星星也不限於這幾小時可以看，Karl 剛才不是說過，自有人類歷史以來，北極星就在那邊讓我們指向天空了，根本不需要特別去看吧。」我打了個圓場，而且眼光也沒有離開過 Karl 的臉龐。

「我教你看其他星座吧，你看到那邊有三粒光度差不多，排在一起的星星嗎？」

之後我和 Karl 和會長三人看了一陣子星星，後來大媽跟 Dicky 也加入了，大約看了一兩小時吧，我明顯看出了其他星星一直在動，只有北極星一直留在原地；當然，Karl 會說那是因為地球的轉動，所以才會這樣，但真的只有北極星，不分晝夜，它就是會在天空上同一個地方，用一種高高在上的態度凝視着地球。

第七章

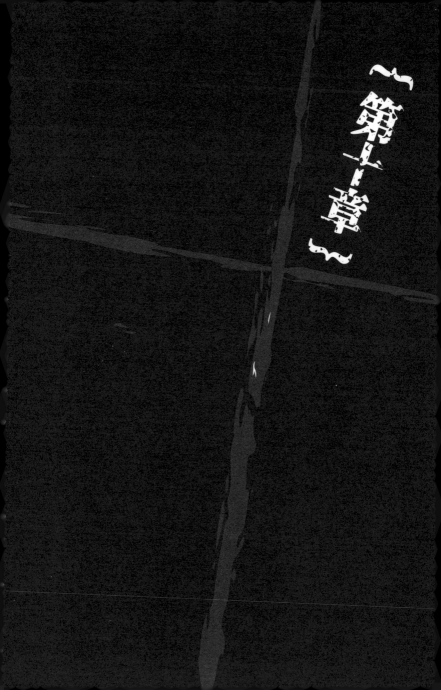

離開
流水響

第十章：離開流水響：

看完星星之後，我們各自回到自己的帳幕睡覺，沒有東西吃的晚上，要進入夢鄉可不是一件容易的事，Karl因為害怕一個人的關係再次住進了我的帳幕，我躺在一邊，而他則坐在帳幕的另一邊，我們都知道只要再等待一次天亮我們就能得救，也知道只要睡一覺，一起來就會是天亮，但每當我有睡意來襲時，我的肚子就會咕咕作響。

「Karl，你還有剩下的豬柳蛋漢堡嗎？」我明知道他沒有這種東西，但還是忍不住開口問了。

「剛才都吃光了，我們十個人，四個豬柳蛋，怎麼可能剩下來。」

「那壽喜燒呢？豬柳蛋沒放進資源帳幕，那壽喜燒也應該沒有吧！那可是A5和牛耶！」

「生牛肉的話，沒有雪櫃，早就變壞了，菜我們昨天就煮來吃了，還分給了大家，你不記得了？」

「那你應該把豬柳蛋都留給我們自己，為甚麼要分給大家呢？」

「你想想？」Karl 說完這個問題，轉身去拿放在帳幕角落的背包，然後打開拉鏈，好像在找甚麼。

「因為你就是一個心地善良的笨蛋偏執狂吧！」我說這句時的語氣盡量輕挑一點，好讓他知道我是在說笑。

「還有心情說笑，快睡吧！」Karl 在背包內拿出了記事簿和筆，然後在空白頁上開始寫字：「我用那四個豬柳蛋，用排除法弄清了誰才是兇手。」

我差點叫了出來，但連忙摀住了自己的嘴，因為 Karl 要特地用紙筆來告知我的事，大概是不能聲張的東西。

「做得好，不要出聲，兇手和外面的軍隊是一伙的，要是被兇手發現我知道他的身份，我們就危險了，現在我們要假裝沒有任何發現，直到明天脫離軍隊的控制為止。」Karl 在紙上繼續寫。

我點了點頭，繼續用手抵着咕咕作響的肚子，希望時間可以快一點過去，我有點後悔為甚麼兩天前在準備行裝的時候，不放一本小說到背包內，這種時候，看書就是最好的娛樂了；但我轉念一想，放在帳幕內的小電燈其實很暗，剛才我看 Karl 的手寫就已經很吃力了，又怎麼可能看書呢。

一邊胡思亂想，一邊等待時間過去，無論如何，就是睡不着。

「Karl，你不如把那盞小電燈熄了吧，太光我睡不着。」

「既然睡不着，要不要出去營火那邊取暖？」

「今晚沒有人守夜，沒人可以加柴火，營火還沒熄嗎？」因為所有資源都已經付之一炬，而明天軍隊又會來救我們，實在沒有再守夜的理由。

「就我看到，是還沒有熄滅。」Karl拉開了一點拉鏈，然後向營火看去。

「有沒有人在那邊？」

「沒有。」

我們離開了帳幕，搬了幾塊大木頭走到營火旁邊，這個營火已經是第三晚陪伴着我們了，作為火種、取暖，甚至是集會的地方，老實說，我對這個營火還真的產生了一點歸屬感。

我們把大木頭添進營火裏，我看了看手錶，現在應該快凌晨三時了，火還沒有熄滅，看來對這個營火產生了歸屬感的人，應該不只我一個。

我看着Karl把剛才寫字的紙連同木頭一下子丟進了營火裏，然後我和他坐了下來。

「Karl，這次回去之後，你打算怎樣？還會繼續和我經營自媒體嗎？」

「也不知道外面的世界怎樣了。」

「你還是擔心不只流水響這裏出事？」

「如果是不明病毒的話，大概會很快傳染給大量的人，然後，以我們這裏的比例來計算，大約每十人才有一個人活過來，整個香港的話，就會有六百七十五萬人左右死了。」

「應該不是病毒吧，否則包圍我們的軍隊就不會沒事了。」

「他們可能穿了全套防護衣。」

「也對，我們好像沒有和他們直接接觸過，可能他們也會怕我們身上帶有病毒。」我開始想像一個死了90%以上人口的香港，還有全副防護衣物，對我們退避三舍的軍隊，我只需要拿小刀在他們的防護衣物割開一點點，就能輕鬆解決一個捧着輕機槍的軍人。

「當然，也有可能是大殺傷力武器，那樣的話，軍隊就能好好地控制用法。」

Karl理性地分析。

「但就沒法單純用天生免疫來作我們生還的理由了。」

「即使是病毒，單純用天生免疫來作我們生還的理由也是太牽強，我們四人同行，但四人都生還過來，這樣隨機性太低了，我們又不是生活在電影世界，才不會出現剛好都是主角和主角的同伴生存下來這件事。」

「那你有猜到是甚麼讓我們生存下來嗎？」

「大概，但我沒有證據。」

「所以打算連我也賣關子不說了？」

「事實上我還未清楚，但我覺得一定和那天的贈飲有關；你記不記得今天你看到生還的螞蟻？」

「記得，你是說我們和螞蟻都是因為喝了那個飲料而生還？」我倒完全沒有想過這點。

「但還是有疑點，當天那麼多人有拿贈飲，絕對不會只有我們十幾人有把它喝下去的。」

「即是說，那也只停留在猜測階段。」

「還是做攻略比較簡單，只要有猜想，我們就可以立刻去試，現在我空有猜想，卻甚麼實驗也做不了。」Karl 搖了搖頭。

「但現實世界死了就沒得重來。」我靠近了Karl一點，挽住了他的手臂。

「如果我死了，有人會傷心嗎？」Karl拿起一條小樹枝，丟進營火內。

「當然有！我啦，會長啦，你的家人啦……」

「連我媽媽也會傷心？」

「我覺得她是愛你的，只是不懂表達罷了。」我一早就知道Karl和媽媽的關係不好。

「要是愛我的話，怎麼一年才見一兩次面呢？」

「這樣吧，如果今次我們平安離開這裏，香港又還繼續存在的話，我和你一起去找你的媽媽然後我們三人一起住，好嗎？」說到這裏，我有點難為情了，這不就和表白沒有兩樣嗎？

「不要……」但這個笨蛋偏執狂，看來沒法理解這句話的意思。

「我們經歷了這麼多，也是時候好好地面對自己了，笨蛋偏執狂。」

在我說完這一句之後，我聽到我身後有一支樹枝被折斷的聲音，我立刻回頭看去，一堆穿着深綠色迷彩服的軍人包圍着我們整個營地，他們右手拿着手槍狀的東西，左手則拿着一把小刀，看來由剛才開始，就一步步地向我們悄悄地靠近，而我和 Karl 竟然渾然不覺。

我們站起來，舉高雙手，示意我們沒攻擊性；包圍着我和 Karl 的軍人有大約六個，他們用那把手槍指着我們，我的身體不由自主地靠向 Karl，心中只想 Karl 快點想出解圍的方法。

其他軍人或者三個一組，或者四個一組，一步步地靠近大家的帳幕，然後用手槍向着帳幕開槍，我連忙摀住自己的嘴巴讓自己不要尖叫出來，難道就在今晚，我們所有人都要被軍人用這種行刑式的手法殺死嗎？

不過我稍為冷靜下來，發現這種手槍開槍時相當寧靜，只有像木條敲擊時發出那種「啪啪」的聲音，也沒有火藥的味道，帳幕內被擊中的人也沒有血濺帳幕。

「我害怕打針，可以不要射我們嗎？我們會配合你們的。」Karl 還是高舉着雙手說。

但圍着我們的軍人沒有回話，並且直接向 Karl 開了一槍，直接擊中 Karl 頸動脈的位置，我看到一支像是飛鏢的東西插在 Karl 的頸上，然後不消一秒鐘，Karl 就向着我這邊倒過來，我連忙撐住他，免得他跌到地上。

而同一時間，另一個軍人向我開槍，感覺是射中我的手臂之類，之後我眼前一黑，最後看到軍人衝過來，扶着我，然後我就失去了知覺。

然後不知道過了多久，我才醒過來，但即使眼睛張開，我的眼前也只有一片黑暗，看來是被黑色頭套之類的東西包裹着頭顱，我的雙手被反綁在背後，坐在一張椅子上，腳腕上有類似鐐銬的東西。

而且從椅子的顛簸程度和加速的感覺中，我明白了自己應該在一架車輛中，正被運送去某個地方。

「看來她醒來了。」一把我不認識的聲音說。

「早了一點點，但時間也差不多了，今次的劑量大約是三小時左右。」另一把不認識的聲音。

「不是說體重會有影響嗎？」

「你們是誰？要帶我去哪裏？其他人在哪裏？」我在他們繼續談論我的體重之前連問三個問題。

「放心，我們會照約定把你們送回去市區的。」他一面說，一面把我的頭套扯開，陽光進入我的眼睛，除了白茫茫一片之外，我甚麼都看不見。

「可以告訴我發生了甚麼事嗎？」我拼命眨眼，希望視力快點回復正常。

「我們是某種外聘的私人軍隊，任務是要將你們這些匿名的生還者帶離開受影響區域。」

「私人軍隊？香港警察呢？解放軍呢？」這時我的視力開始回復，我見到自己身處一輛重型越野車之內，旁邊坐着一個穿深綠迷彩服的傢伙，他捧着一個裝滿試管的盤子，看來就是他正和我說話，車子的前座有一個司機，也是穿着軍服的；而我，則被換上了類似醫院病人的衣服。

「他們不會管這件事的，因為現在新界北大部份地區都已經受影響，而對於香港來說，那是外交事宜，特區政府沒有權管理外交事宜，而這件事解放軍也沒時間理會。」

「你在說甚麼？我不理解。」

「這也是我的職責之一，把你帶離受影響區域之餘，也同時地要向你解釋這幾天在流水響究竟發生了甚麼。」他把那個裝滿試管的盤子放回一個硬裝公事包內，我看到試管中有些紅色液體，之後他回過頭來，繼續對我說：「因為某種不明原因，四天前的中午，有某個團體在流水響上空引爆了一個新型的中子彈。」

「等等等等！某個團體？中子彈？」

「對，我只能跟你說是『某個團體』，而對於世界而言，那算是一次沒有任何人承認責任的恐怖襲擊；至於中子彈，你就當它是某種可以殺人而又不會燒毀建築物的先進武器吧。」

「不行，甚麼『某個團體』、『某種武器』，感覺就像一個爛尾作家的爛藉口！」我有點憤怒了，這是哪門子的「解釋」。

「好吧，『某個團體』我當然不能說，那是生死攸關的事，但中子彈嘛，我可以解釋一下。中子彈引爆之後，會有高能中子放射線射出，屬於低質量戰術氫彈，中子射線的貫穿能力極強，能夠輕易穿透建築物、磚牆甚至裝甲車或者坦克，當大量的中子進入人體後，人體細胞組織和中樞神經系統會被破壞，就會在短時間內死亡，但中子的長期放射性污染較低，是非常乾淨而殺傷力巨大的武器，有『戰神』之稱。」

「你可以說中文嗎？」

「我就知道會這樣，所以我才說是『某種武器』，順帶一提，今次在流水響引爆的中子彈比現知的更加先進，幾乎即時的死亡效果比以往的產品都更有震懾力，而且看來可以透過控制物質的震動頻率而讓射線有目的地繞過……」

「喂！夠了！你這個軍事狂別再說無謂的東西啦！快點完成任務！」前座的司機從倒後鏡看着我們，阻止我旁邊的傢伙說下去。

「好的好的，總之就是恐怖襲擊，你們位於爆炸的正中心，但卻生還下來了，真是奇蹟。」

「我大概明白了，所以整個流水響的人，除了我們十三人之外，就全部都被這中子彈殺死了，是嗎？」我在回想那天在水塘上空閃過的強光。

「不只整個流水響的人，在爆炸中心範圍兩公里的地方，生還者連同你們在內，有二十人，受影響的區域則有方圓十公里的地方，粉嶺和上水的死亡人數大約有十五萬人，二十萬人以上有身體不適，大埔有二萬多人死亡，五萬多人身體不適，遠至沙田和元朗也有受到影響；這些你回復自由之後看新聞就可以了，我也不多說。」他說完之後，我看出去車窗外面，我們的車子正經過粉嶺附近，街上卻沒有其他車輛，也沒有任何行人。

「我明白了，那你們是受僱於誰的呢？香港政府？中國政府？公眾知道在爆炸中心的我們生還嗎？」

「我不能透露僱主，你猜得對，對這個世界而言，你們已經死了，兩公里內的那二十個人，正確來說，現在只剩十七人，我們會提供新身份讓你們在這世界活下去。」

「為甚麼我要聽你們的？為甚麼要綁着我呢？」

「如果你決定不接受這身份，我們的任務就是要確保你的死亡。」

「所以我可以選擇接受或死亡，是這樣嗎？」

「對，因此綁着你也比較方便我們行事。」

「我理解了，這個選擇很容易，我願意接受新身份。」

「這是你的新身份證、新護照、新電話，你不能再找你的家人和朋友，事實上這也沒有任何意義，只會讓我們的工作增加，你可以選擇一個國家移民或者留在香港，我們可以安排。」他一邊說，一邊打開一個文件夾，在裏面拿出了我的新證件，展示給我看。

「我要留在香港。」我聽得出來「讓我們的工作增加」這個意思，讓我背部有點寒寒的感覺。

「沒問題，現在我們會載你到位於大圍的新居，而且會給你一定數量的恩恤金，讓你可以生活無憂。」

「有多少？」

「二百萬美金，如果拿去做定期，有五厘息的話，你每個月月入就有八千元美金，大約六萬港元的收入了。」

「聽起來不錯呢！」我說完這句之後，我在車子的另一角落見到了我自己的背包，還有摺疊好的衣服，看來那是屬於我舊身份的東西，應該會拿去銷毀。

「如果都理解的話，我現在會讓你手部鬆綁，然後我們簽署合約作實，合約內容就是你接受以新身份生活，並且捨棄你的舊身份，而且不能透露任何關於這份合約的內容。」

「但我可以對其他人說我是生還者？」

「可以哦，因為沒人會相信你的，大家只會當你是瘋子。」

「我明白了，但不是直接殺了我們更乾脆嗎？」

「我們也有惻隱之心的。」

「相信不止吧，我看見你們抽了不少我的血，我們作為研究新武器的樣本也很重要吧？」我猜剛才他那些試管內的紅色液體，就是我的血液。

「這個我不予置評。」

「還真是專業的軍人呢。」我說完這句之後，他把我的身體轉過去，然後把我的手部鬆綁。

「請在這文件上簽名，你也可以先細閱條款。」他從文件夾中拿出一份大約有二十頁的文件，還貼着兩張「Sign Here」的便利貼，如果是大媽阿鳳的話，大概就會直接揭到那頁然後簽名了。

「我可以用自己的筆嗎？」我沒有接過文件，反而伸手去拿自己的背包。

「我……我拿給你就好……」不知道為甚麼他大為緊張，搶在我前面把我的背包拿走。

「我很喜歡我的筆和筆記本的。」就是那本寫了物資紀錄的隨身筆記本，在資源帳幕被燒毀後的那個營火晚會前，那本被燒了五分之一的筆記本。

「讓我找一找。」他把我背包中的東西逐一拿出，包括我的髮夾、銀包、會長給我的萬用小刀、電話、梳子、化妝小包等等，拿到那個贈飲的紀念品小包時，他很明顯地猶豫了一下，最後才拿到夾在筆記本上的筆，並把它遞給了我。

「感謝。」我接過了筆記本，小心翼翼地把筆拿出來，然後用筆記本墊着那份合約，開始扮研究他們的條文，其實我當時也不知道自己為何要對這筆記本那麼執着，但我就是覺得，即使失去了一切，我也要想法子保住這本筆記本。

最後我在兩個「Sign Here」的便利貼以下的空白位置簽了名，然後順手地把筆和筆記本卡在到我的褲頭，再用衣服把它們蓋過。

「這是有二百萬美金存款的銀行咭、護照、身份證還有新電話，待會我再帶你到你的新居。」

大約就這樣，我們在大圍火車站附近下車，他帶了我到名城的其中一個兩房單位中，並對我說這房子已經還完房貸，而且屬於我的新身份，在叫我好好享受新生活之後，他離開了我的新居。

第十一章

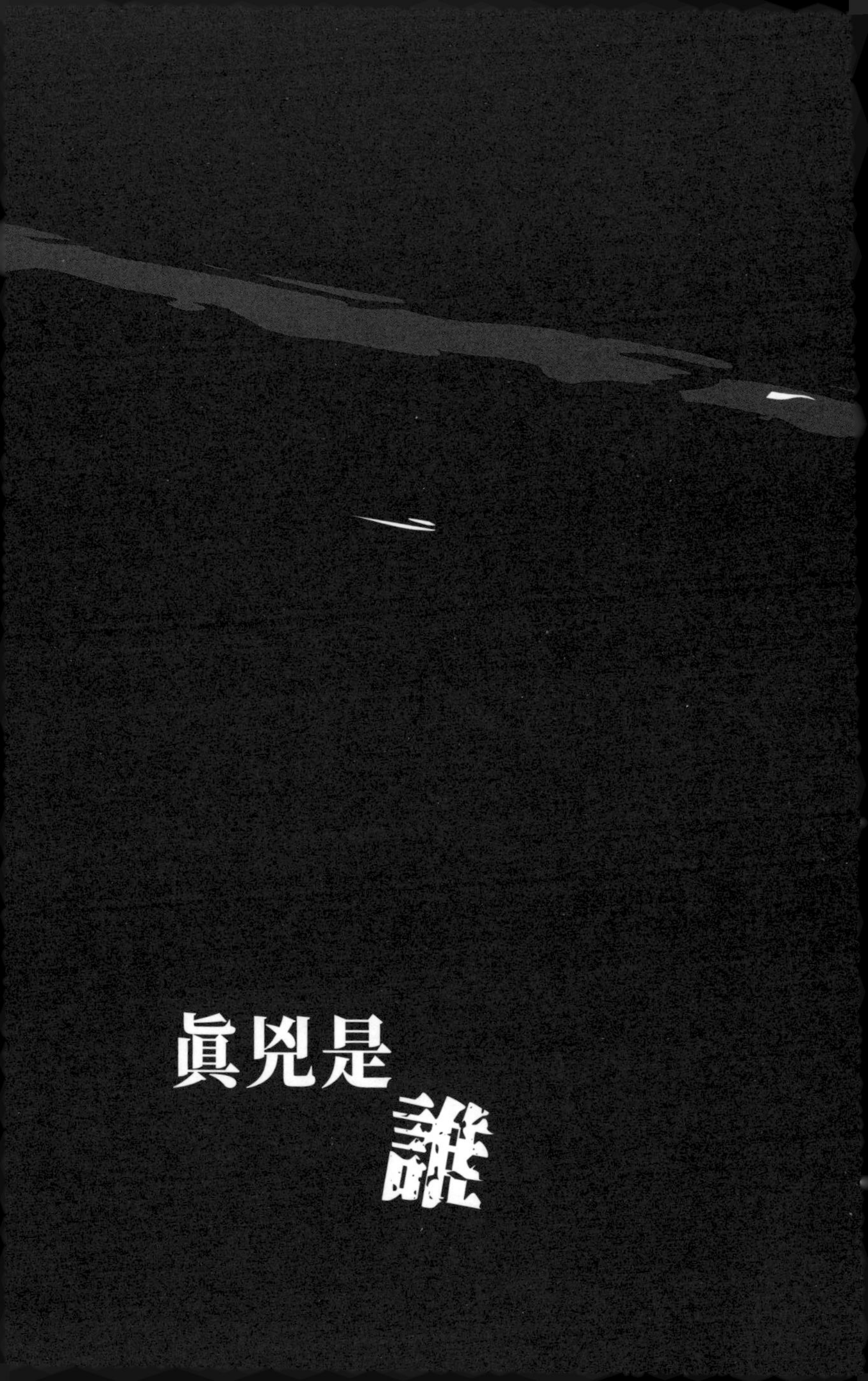
眞兇是誰

第十一章 真兇是誰

我展開了新的生活。當然，我還是很好奇究竟是誰殺死了欣怡、Sindy 和醫生，合約中沒有明言我不可以去找 Karl 或者會長或者其他生還者，他們看來對這個新身份很有信心，覺得我們只要沒有了電話、地址和朋友，就一定會找不到彼此。

可惜他們算漏了一點，我、Karl 和會長都是《劍與魔法》的精英玩家，而且都在同一個公會，無論我們去到哪裏，變成了怎樣，在 MMORPG，即是 Multi Player Online Role Playing Game 的世界內，只要登入，我們總是可以找到彼此。

或許他們根本就沒有 MMORPG 和公會這種概念，我明白的，就好像我對坦克車和中子彈沒有概念一樣。

於是我買了一部新的電腦，但由於公會的伙伴們大約都以為我們四人一起在流水響的事故中去世了，所以我不能用舊角色直接登入，以免讓那些軍人「工作增加」，只好開創一個新的角色，重新練等。由於不再需要工作的關係，在我開始新生活後的一個星期，我就練到滿等，而且再次加入了我們的公會。

公會現在由以前的副會長帶領，我們的公會在遊戲中很有名氣，要擠進去一團也不容易，我現在只能在第五團慢慢努力向上爬，所以副會長也沒有認出是我。

直到有一天，我在遊戲中收到了一個私人訊息：

「你是Icy嗎？我是Karl。」是一個我沒見過的新帳號，這要麼是如我所料，Karl會到遊戲內找我，要麼就是私人軍隊那邊派來試探我的假帳號。

「誰是Karl？」所以我選了一個小心翼翼的回答。

「我們平安離開了，而香港又繼續存在……」這是我那晚對他的承諾，那些私人軍隊是沒可能知道的。

「我可以和你一起去找你媽媽，我們三人一起住。」我回覆，這也證明了我是真物無誤。

「但現在我們已經不可以去找媽媽了，甚至我們也不可能見面。」Karl的文字出現在螢幕上，而我的眼淚也忍不住不停地從眼眶中流出。

我也沒有回覆他這句說話，我們的人生已經從新開始，而且也不允許再有交集，或許他是個木頭還不太能理解這個現實，但我卻無法無視這種感覺。

「你現在叫甚麼名字？」Karl看我沒回覆，於是嘗試改變話題。

「**方麗娜，Katarina**，你呢？」我滴着眼淚輸入這個連我自己也未習慣的名字。

「Kata！這名字真好聽！我現在叫**許博文，Michael**。」

「那我要小心，不要叫錯你的名字了，Michael。你怎麼知道這帳號是我的？」

「很簡單，能在一星期內練到封頂的新帳號，除了我之外，就只有你或者會長了，而會長的話，他是不會選用女性角色的，所以公會中只要過濾一下，立刻就可以找到你了。」

「那你有找到會長嗎？」

「沒有，他可能沒有再上線了，或許去了外國也說不定。」

「其他人呢？」

「其他人更加沒可能找到吧。」

「但你當時在紙上寫你已經知道誰是兇手，是真的嗎？」

「嘩，這個可能會有點長篇大論，我不想打字，可以用即時通訊軟件打給你嗎？」

「可以哦！」

這時那款出團專用的即時通訊軟件響起來，我按下了接聽鍵，耳筒上傳來Karl的聲音：「喂？」

「嘩，好懷念，明明只是一星期多前的事，感覺好像上輩子似的。」我用手掩着自己的嘴，再強忍着淚水。

「真的，好像已經過很久了……」

「殺害欣怡、Sindy和醫生的兇手是誰？他為甚麼要殺人？」

「兇手是同一個人，而他也正是控制或者受僱於那堆私人軍隊的人。」

「那究竟是誰？」

「或者說這個之前，我先說一下為甚麼我們在中子彈爆炸的正中心，卻還是生存了下來吧。」Karl，不，現在他叫Michael，看來要展開長篇大論的講解。

「這個我也想知道，載我那個軍人說過，這中子彈很先進，可以繞過某些目標。」

「我大概猜到原因，你記得水塘內的魚嗎？他們也有中樞神經系統，但為甚麼爆炸之後卻沒有滿池死魚的情況出現呢？答案很簡單，就是那些中子射線會繞過形狀像是液態水的物質。

然後紀念品包內有一個襟章，你可以想像那個襟章會發放一些電磁波，控制追踪一些納米大小的機器人，然後讓中子射線誤以為那些機器人的一點五米範圍內是液態水。」

「襟章我明白，我們十幾人都有拿那個紀念品包，但納米機器人呢？」

「就在我們喝的飲料裏，我們幾個沒死的人，連同那堆 Alex 和你一起在看沒死的螞蟻，都有喝那些飲料，而按我推斷，飲料是可能只有大約廿四罐內含有納米機器人，即是我們十幾人都拿了同一盤的飲料，而且有喝下去。」

「這是你的猜想？」

「當他們不許我把襟章拿來作紀念時，我就知道是實情，後來我有找專業化驗所驗身，也證實我的血液內還存在異樣，除了納米機器人，也沒甚麼其他可能了。

所以無論是兇手，或者包圍我們的軍人，其實早就知道那天會在那裏引爆中子彈，我們是這個大型軍事實驗的犧牲品。」

「所以兇手一早就打算殺死欣怡、Sindy 和醫生？」

「這又不是，當晚欣怡離開你的帳幕，要去廁所的時候，就被兇手殺死了，最後決定想嫁禍給阿祥和阿俊，因為沒有計劃的關係，兇手的手法相當粗糙。而且不巧的是，阿祥他有奇怪的性癖，令阿祥根本沒有殺人動機，讓一心想嫁禍他姦殺的兇手棋差一着。」

「問題是，誰是兇手？而他殺欣怡的動機是甚麼？」

「我們把次序調一下，因為欣怡的死亡時間和屍體發現時間相差太久，要鎖定兇手比較困難，所以我先談 Sindy 好了。

Sindy 的死亡時間和屍體被發現的時間很短，令到有嫌疑的人很少，就只有你、會長、阿龍和 Alex 四人有可能在追捕阿祥的時間內抽身把 Sindy 殺掉，因為當時阿鳳、Dicky 和會計師都在資源帳幕那邊，要離開、殺掉 Sindy、再回去，時間上不可能足夠；我和醫生那時在檢查欣怡的屍體，而阿祥和阿俊則是在逃跑中，如果要停下來殺人，大概馬上就會被我們捉住。

你當然不是兇手，而阿龍是 Sindy 的丈夫，會長則是 Sindy 的舊情人，本來我以為兇手會不出這二人之中，這兩人雖然和 Sindy 都有感情瓜葛，但 Sindy 卻不是情殺。」

「所以兇手是 Alex？」運用排除法之後，就只剩下這個可能了。

「對，而且我回來後，上網調查了一下他所說的史丹福大學事件，發現他根本不是心理學教授，而是放射學的教授，當年他用死囚做實驗，再害死死囚們，才讓他被史丹福大學開除。

所以他要麼是那個做軍事實驗的集團的主腦，要麼就是被趕離開大學後，受僱於這個集團。我在 Google 中找到他以前的論文，就是研究如何讓放射線繞過人體，雖然名字不同，但發佈時附上的相片卻一模一樣，所以甚麼來香港找工作、心理學研究，全都是廢話。」

「他為甚麼要殺死 Sindy？」對我而言，Alex 跟本沒有殺人動機。

「很簡單，無論 Sindy、欣怡還有醫生，他們被殺的原因只有一個，就是他們會阻礙這個實驗的進行，可能是看到 Alex 和外間聯絡，或者掌握了 Alex 作為兇手或者主事者的證據，詳細我也不知道，也沒有實則的證據。」

「那他為甚麼要把她的頭顱收起來？」

「因為他用的兇器會讓死者的頭部有重大傷害，例如有滅聲器的手槍、或者是插下去再拔不出來的利器之類，為免大家進行無差別的搜身，再搜到兇器而懷疑他，他選擇直接把Sindy的頭顱藏起來；因為如果大家懷疑他的話，即使他有軍隊幫忙，也難逃一劫，因為軍隊都在外圍，救他時會有時間差。」

「我不明白，他為甚麼要潛入我們當中，如果是做大殺傷力武器的實驗，不是坐在冷氣房間內遙控比較簡單嗎？」

「我猜真正要測試的，其實是那個襟章和納米機器人，而不是中子彈；所以他想近距離觀察我們。」

「你說他是研究如何讓放射線繞過人體的！或者說甚麼心理學的也不是全部胡趨，如果是他，大概會很想觀察我們面對這種環境的反應吧。」我把自己的膝頭提高，然後用雙手抱着。

「而這一點也讓我理解兇手一定不是一個人行動，試想你用了會在頭顱遺下證據的武器，決定把她的頭顱割下來，再藏起。而當時正在追捕阿祥和阿俊的我們，包括Alex，也沒可能有足夠時間做這麼多功夫，但如果他有方法和外面的軍人聯絡，就可以讓軍人代勞輕鬆地處理屍體和棄屍了。」

「我們當時也是因為時間不足這點，才會認為 Alex 是清白的，不是嗎？」

「而 Alex 沒有叫軍隊把 Sindy 的屍體運走，反而安排把 Sindy 的屍體放在水塘上讓我們發現，顯示了他想進一步觀察我們見到屍體後的反應。

不過，到了醫生時就不同了，他明知再過一天我們就會被運走，所以要軍隊把醫生麻醉，再帶走；但軍隊判斷，要移走會計師妻子的屍體比較容易，所以就把醫生燒死了。」

「你的意思是醫生本來不用死，但軍隊因為懶惰的關係把他燒死了？」

「不是不是，醫生因為知道了不該知道的事，所以是一定得死的。只是殺害他的地方不同罷了。而且燒掉資源庫也是 Alex 下的命令，一來會計師的妻兒已經死了幾天，屍體再不處理會讓病菌生長，二來是想看我們在沒有資源下會做出甚麼事。」

「所以他才提到《Hunger Game》吧！那 Alex 自己也要捱餓吧？他那時對我說他只剩下幾包餅乾。」

「他才不會呢？他連一眼也沒有看過我的豬柳蛋漢堡，他知道第二天就會得救，或者軍隊早就為他準備其他乾糧了。」

「然後因為他殺了Sindy和醫生，你認為他也是殺掉和強姦欣怡的兇手？」

「也可以這樣說，否則，根本沒有其他人有姦殺欣怡的動機，我猜測是欣怡去廁所的時候見到Alex和軍人通訊，所以Alex勒死了她，對於Alex而言，我們基本上全都已經是死人，實際在法律上，我們也的確都已經是死人；之後Alex可能偷聽到阿祥的說話，知道他在哪裏，或者那個襟章本來就有竊聽的功能，只要把欣怡的屍體放在顯眼的地方，大家都會懷疑惡形惡相的阿祥和阿俊，不會有任何人疑心是他下的殺手。」

「哦！因為你懷疑他有方法竊聽，所以當時你用寫的！而且Alex也因為偷聽我和會長的對話，所以知道了會長和Sindy的關係！

那麼我們現在的對話會不會也正被人竊聽？」

「放心，再找你之前，我已經超級仔細地檢查過新居，沒有任何竊聽器，電話也沒有被安裝奇怪的程式，看來他也不怕我們知道真相，只是害怕當時我們發現會對他用私刑之類。」

「所以，我們現在可以做甚麼？有甚麼方法可以讓這個殺人兇手不能逍遙法外？」

「我們沒有證據，襟章被收走，舊身份被拿走，只有我們一面之詞的話，大約沒人會聽我們的。」

「我有證據。」

「甚麼？」Ka……Michael 在電話的另一端大叫，我想他大概跳了起來。

「我偷偷拿走了資源紀錄的筆記本。所以我們現在要怎樣做？報警沒用吧？找外國傳媒？還是在社交媒體出 Post？」

「等等，你剛才說的都沒用，即使用那本筆記本，對方只要聘用專家證人證明那是偽造的可容易得很，而且其他人也不會出來作證；更加不要提法院會不會提供公平的審判了。」

「所以我們就要這樣接受現實，接受他的恩恤金，然後放過他嗎？」

「這就是現實，不是嗎？」

「我不服氣。」我打開電話的 Instagram，再打開 Yanyii9977 的頁面，看着那個欣怡，我腦中出現了她最後 Airdrop 給我那張胖女孩的照片。

「總之我想像不到任何可以真正令到 Alex 受制裁的方法，但如果只是要出口氣的話，方法還真不少，錄音拍片放上 YouTube，像剛才你說的社交媒體出

Post，很多很多方法。」

「我決定了。」為了死去的欣怡，我要做點甚麼。

「決定甚麼？」

「我決定把這件事寫成一本書，然後出版，Alex也不能做甚麼，如果我、你或者生還者之間有人離奇死亡，反而加強了我這本書的說服力。」

「這方法不錯，就去做吧。」

「書名就叫《流水響的真相》好嗎？」

「不好，我們也沒有掌握100%的真相，就叫《流水響死亡事件》好了。」

Michael就這樣為這本書起了一個像是推理小說的題目。

就在這時，我的門鐘響起了，我們的通訊都一直被監視嗎？

「我去應門，你等我一下。」我還沒有等Michael回應，就把Headset放下，走到大門旁邊，從防盜眼看出去。

一個穿着西裝、戴着太陽眼鏡的男人站在我家門外。現在已經是夜深，戴着太陽眼鏡這件事實在太可憐了。

然後他又再按了一次門鈴。

我還在猶豫要不要把門打開，心亂如麻之際，門外卻突然靜了下來。

我再次從防盜眼看出去，外面已經沒人了，我退後了一步，以防對方撞門之類的動作，然後回到電腦前面，再次戴起Headset。

「有個奇怪的西裝男在我門外，但現在好像走了。」

「我這邊也是。」

「是警告我們不要聯絡嗎？」

「應該只是警告而已，如果不許我們聯絡的話，合約條款上就會寫着『禁止聯絡事件生還者』，但實際上，合約上寫的是『禁止聯絡舊身份的家人或朋友』。」

「但我們就是舊身份的朋友呀！不是嗎？」

「不是，我們是兩個新身份的人。」

我想我明白了，他們或許真的不介意我們聯絡，但出現在門外就是要我們不要亂來，他們一直在看着我們。

「等等，他在門外留下了一張咭片。」耳筒中傳來Michael的腳步聲。

「甚麼？」我也立刻把門打開，果然，門外放着一張紅色，像是請帖的咭片。

咭片有着信用咭的厚度，然後大約四張信用咭的大小，正中央寫着「To：Katarina」。我反到背面，背面寫着：

「Katarina：

恭喜你找到了至少一個生還者，得到了參加資格，現誠邀你參加『尖沙咀生存遊戲』，請於三日後正午十二時於五支旗杆下等待下一步指示。

組織者上」

—— 燒掉了五分一的筆記 ——

【附錄】

第一天

· 1815 - Karl

洋蔥 3 個，燒烤包 4 個，麵包 1 包

· 1900 - Ian

運動飲料 3 罐

· 2200 - Dicky

啤酒 1 罐

第二天

· 0730 - 阿鳳

茄汁沙甸魚 1 罐，麵包 6 片

· 0800 - Icy

麵包 3 片

· 1140 - 阿俊

魚肉腸 3 條，運動飲料 2 罐，福麵 2 包

· 1150 - Dicky

薯片 1 包

·1230 - 阿鳳
茄汁豆 2 罐，廚師腸 1 包，麵包 1 包

·1245 - Ian
運動飲料 2 罐

·1250 - Alex
啤酒 1 罐

·1700 - 阿鳳
杯麵 4 個，餐肉 1 罐

·1715 - Karl
雞蛋 4 隻，廚師腸 1 包，麵包 1 包

·1720 - Ian
運動飲料 2 罐，福麵 1 包

·1725 - 阿俊
杯麵 2 個，魚肉腸 4 條

·1815 - Icy
運動飲料 1 罐

多謝大家看完這本小說。可能大家還有很多問題，例如那個神秘組織是甚麼，或者眞相是不是如主角所想的那樣等等；下一集（如果有）會好好交代的。

在後記裏我想談談這個故事誕生的由來。當時還是疫情肆虐全球的時間，大家都被困在香港，於是各大旅遊雜誌都在找香港可以玩的地方，而「港版天空之鏡」流水響就變成了熱門的關鍵字。

作爲一個在粉嶺長大的人，鶴藪和流水響本來就是我們的後花園，中學時代，一到中秋、除夕，就會到那邊燒烤或者倒數，比起人山人海的大尾篤，這邊可是幽靜的天堂。

但一個疫情，這邊變成了熱門郊遊地點，而我也在半推半就之下，和家人們去了這個人山人海的流水響一次。

當時我在落羽松地區鋪了一張地墊，通過落雨松的葉子看着天空，腦中突然想，流水響水塘通到外面的路就只有三條，只要把路都封起來，就會是一個密室殺人偵探劇的完美舞台了。

到了2022年末，我拿着這個概念，寫成了《流水響殺人事件》的第一稿，並參加了《第五屆天行小說賞》，得到評判們的賞識拿到了優異獎。

可惜的是，我沒有和當時出版社就出版一事達成共識。本來以爲《流水響殺人事件》會好像書中的眞相一樣，永遠被埋沒在記憶之中，可幸的是我遇上了漫讀文化的伊死大大。

非常感謝伊死大大，答應把我的作品出版，還有提供了不少意見，讓當日青澀的《流水響殺人事件》，成長成今天的《流水響死亡事件》，而且我的稿件錯字多如天上繁星，實在辛苦他爲我作校對。

然後伊死大大也幫我找來了角老師，繪畫了精美的封面和插圖，非常漂亮，非常感謝。相比起硬核推理，現在這種輕推理的風格的確更加適合本故事的主題。

我也非常感謝史兄。我在最後一刻還在改稿，到了六月八日才把稿件給他，他居然在一天之內就看完並給我寫了推薦序，實在是兩脅插刀級的朋友。我永遠記得當時在旺角家樂對出的彌敦道，拿着一疊「堅持到底，就是勝利」雪糕筒，然後你幫忙拿去放在路中心的那一刻。

當然，我一定要感謝余兒。《九龍城寨》現象級爆紅之後，他在百忙之中抽時間幫我作推薦，非常感激，希望有一天我的作品也可以像他一樣眞人化並取得成功。

還有我的家人，非常感謝他們接納我的任性，作爲一個創作者，我的收入微薄得令我自己都汗顏，但仍然堅持支持我的他們，是我最後的保壘。

最後的最後，多謝大家願意看我寫的故事，如果大家喜歡的話，麻煩可以 Follow 我的IG／Threads，帳號是@katarinapre。

流水響死亡事件

作者　方麗娜
封面及插畫　一文字 角

出版人
漫讀文化香港有限公司
地址　九龍灣臨興街 19 號 同力工業中心 B 座 11 樓 9 室
電郵　info@dokumanhk.xyz
官方網站　http://www.dokumanhk.net
購書網站　https://www.dokumanhkshop.com/

責任編輯　伊死
文字編輯　積奇
美術設計　食用兒
排板　食用兒

國際書號　978-988-70468-9-9
定價　HK$118

承印者
雅聯印刷有限公司
地址　香港柴灣利衆街 35-37 號泗興工業大廈 8 字樓

2024 年 7 月 第一版
Printed and Published in Hong Kong.